박민정

1985년 출생. 2009년 《작가세계》 신인상에
당선되며 작품 활동을 시작했다.
소설집 『유령이 신체를 얻을 때』,
『아내들의 학교』가 있다. 김준성문학상,
문지문학상, 젊은작가상 대상을 수상했다.

미스
플라이트

오늘의 젊은 작가 20

미스
플라이트

박민정
장편소설

민음사

차례

미스 플라이트   7

초당 9.81미터의 중력가속도.

다른 물체들과 마찬가지로 인간도 날 수 없으므로 공중에
뜨는 순간 떨어지게 된다. 우리 몸이 지구를 덮치려 할 때, 뛰
어라. 온몸에 힘을 가득 실어서. 힘주어서. 체육 선생님은 도
움닫기의 마지막 보폭에서 항상 소리쳤습니다. 뛰어!

체육 시간에는 언제나 심판받는 기분이었는데, 특히 뜀틀
넘기를 할 때는 각별히 고역이었습니다. 도움닫기의 마지막
보폭은 조금 좁게, 지금까지 자신을 밀어 온 힘으로 사뿐하게
뛰어올라야 한다는 걸 머리는 이해해도 몸은 도저히 따라 주
지 않았습니다. 나는 매번 뜀틀 한가운데 주저앉았고, 왜 아
버지 딸인 내가 이렇게나 나약한 신체를 타고났는지 탓해야

만 했습니다. 탓만 하고 있다니 나약하다, 꾸짖는 아버지 목소리도 들리는 듯했지요.

당연히 이륙 직전에도 그때를 곧잘 떠올리곤 했습니다.

중력을 이기는 힘.

우리 모두 알다시피 날개는 공기에 힘을 작용하고 공기는 그 힘을 날개에 반작용하며, 이때 비행기는 중력을 거스르고 날게 됩니다. 공기가 날개를 지나고, 날개가 공기를 지나 중력을 거스를 때, 우리는 일어나 서비스를 시작합니다. 나는 앞치마를 두를 때마다 일종의 의식처럼 볼펜을 두 개씩 챙겼어요. 첫 비행에서 볼펜을 빌려 달라던 손님에게 호되게 혼난 경험이 있기 때문이지요. 더러 볼펜을 빌려 가는 손님들이 있지만 돌려주는 경우는 거의 없고, 나는 늘 넉넉하게 챙겨 둡니다. 때문에 호텔에 묵게 되면 객실에 있는 볼펜을 챙겨 오는 버릇도 더불어 갖게 되었지요. 치마 뒷주머니에 볼펜을 두 개 넣고, 얼굴에 미스트를 뿌리고, 입술에 보습제를 바르면 객실로 나갈 준비가 끝납니다. 이코노미 객실의 손님들은 자세를 풀고 의자를 젖혀 보지만 만족할 만큼 편한 자세를 취할 수는 없기 때문에 곳곳에서 짜증 섞인 목소리가 들려오기도 합니다. 5년 차, 이제쯤의 나는 가능한 대화들을 머릿속으로 시뮬레이션하며 나아갑니다.

카트를 밀고 있는 손을 놓아 버리는 상상을 하다 문득 어

릴 적 상상한 우주선 내부의 이미지를 떠올렸어요. 공중에
떠 있는 볼펜, 날카로워 보이는 펜촉이 비행사의 눈 쪽을 향
해 있어 아찔한 기분이 들어요. 그는 아랑곳하지 않고 책을
읽고 있어요. 그가 손을 놓으면 곧 날아갈 것 같은 얇은 페이
퍼백 뭉치들. 그는 햄버거를 씹고 있는데 잠시 부주의해 그것
을 손에서 놓치면, 양상추나 고기 패티 따위가 빵에서 튀어
나와 공중에 흩어지기도 하지요. 왜 이런 이미지를 떠올렸을
까요. 매우 부주의하게도. 내가 잠시 딴생각에 잠겨 있는 동
안 어느새 객실 전체에 소동이 벌어지고 있다는 사실조차 인
지하지 못했습니다. 나는 여전히 카트를 붙들고 있습니다. 심
도가 낮은 사진처럼 나만 빼고 모두 흐려졌어요. 찬장에 있는
짐에서 커피가 흐른 모양입니다. 이륙 당시부터 조금씩 흘러
내린 모양인지 모두의 짐이 엉망이 된 것 같아요. 모두 일어
서는 걸까요. 더러 고함을 지르고 아기가 울기 시작합니다.

아빠, 여기서 실패하면 군말 없이 삶으로 돌아갈게요.

빛 들지 않는 방으로.

직장으로 갈게요.

*

　정근은 장례식장에서 아이들을 처음 만났다.

　정근의 아내인 지숙은 들어오는 아이들과 일일이 손을 맞
잡았다. 어머니, 하고 곧장 안겨 오는 녀석들과 지숙은 꽤 친
해 보였다. 아이들은 지숙의 등을 토닥였고 부둥켜안고 한참
울기도 했다. 지숙은 아이들의 넥타이를 고쳐 매 주고 옷깃에
묻은 먼지를 털어 내는 시늉을 했다. 아이들이 반죽 좋게 지
숙에게 다가설 때나 지숙이 스스럼없이 아이들을 만질 때 정
근은 겸연쩍어졌다. 왠지 자신에게는 눈길도 안 주는 아이들
이 꼭 생전의 유나 같았다. 유나 친구들이구나. 정근으로서는
전부 처음 보는 얼굴들이었다. 더러 꼬마들을 데리고 오는 아
이들도 있었다. 아장아장 걷는 꼬마를 번쩍 들어 지숙에게 보
여 주는 품을 보자니 쓸쓸했다. 유나 또래의 아이들이 벌써
아이를 낳아 키우는 나이가 되었구나. 정근은 생각했다. 유나
가 살아 있는 동안에는 생각지도 못한 일이었다.

　유나가 성인이 된 이후에는 친구들을 본 적이 아예 없었다.

　서울공항 근처에 살던 시절이었나. 평택 미군 부대 시절이
었나. 중사의 딸만 기억난다. 당시 동네를 쏘다니는 꼬마들은
대부분 관사의 아이들이었다. 유나가 마지막으로 집에 데려
온 아이는 중사의 딸이었다. 저녁을 얻어먹고도 꽤 늦은 시각

까지 노느라 아이는 집에 갈 생각을 하지 않았다. 지숙이 아이의 집에 기별을 보내고서야 그 애의 엄마이자 중사의 와이프가 찾으러 왔다. 여자가 남의 집 현관에서부터 어찌나 아이를 두들겨 패는지 민망할 지경이었다. 게다가 유나는 제 친구가 얻어맞고 있는 것이 마치 아비의 탓인 양 현관에 서서 정근을 노려보고 있었다. 주먹을 꽉 쥐고 입을 앙다물고 고집스럽게 서서.

사진 속 유나는 웃고 있다. 죄다 웃는 사진뿐이었다고 지숙이 친구에게 말하는 걸 들었다. 이렇게 활짝 웃는 걸 보낸다고 생각하니 속이 터지지만 어쩔 수 없다고도 했다. 정근은 영정에 올릴 사진을 고를 기회조차 없었다. 언젠가 갑자기 죽게 되면 영정 사진은 뭘로 해야 하나. 뜬금없이 그런 생각이 들었다. 유나는 연보라색 블라우스를 입고 있다. 유니폼을 입은 사진이다. 정근의 눈에는 항공사 모델을 해도 손색없을 만큼 환한 미소다. 역대 항공사 모델들은 전부 저렇게 웃고 있었다. 웃는 일이 직업인 사람들처럼. 아니, 그들 직업의 본질은 어쩌면 웃는 일 그 자체인지도 모른다. 그러나 어린 시절 유나는 내내 찌푸린 얼굴이었고, 성인이 된 후 가끔 만날 때도 웃지 않았다. 유나는 자신과 눈도 잘 마주치려 하지 않았다.

웃으며 자기들끼리 수다를 떨기도 하고, 서로의 옷차림을 지적하며 철모르는 애들처럼 굴던 유나 친구들도 영정 앞에

서는 무릎이 꺾인다. 죽은 친구에게 엎드려 절을 하고 일어서
는 녀석들은 전부 울음을 터뜨린다. 그러다가도 지숙에게 다
가와 엄마, 엄마 하며 말을 걸고, 앞치마를 두르고 손님을 맞
는다. 술안주를 나르다 아는 사람이 오면 다가가 앉아 이거
유나가 한턱내는 거야, 많이 먹어, 따위의 농담을 한다. 그러
다가도 새로 온 친구가 영정 앞에서 울음을 터뜨리면 다시 한
데 모여 울고, 우울해져서 담배를 피우러 나간다.

— 오셨어요?

앞치마를 두르고 한창 음식을 나르던 유나 단짝의 목소리
였다. 문득 그 말이 예사롭지 않게 들려 돌아보니 유니폼을
입은 여자들 한 무리가 들어온다. 연보라색 블라우스에 크림
색 치마, B항공사 승무원 유니폼이다. 생전의 유나와 가장 가
깝게 지냈을 사람들이었다. 유나 친구들 한 무리가 다가가서
그들을 맞는다. 유니폼을 입고 머리를 단정하게 올린 여자들,
그들의 일터에서 곧바로 온 것 같은 차림새의 여자들은 웃지
않는다. 도리어 여간한 아이들보다 어두워 보인다. 화장이 짙
은 탓에 미간을 찌푸릴 때마다 왠지 주름이 더욱 깊게 패는
것 같다. 그들 중 한 명은 선뜻 올라서지 못하고 구두코만 내
려다보고 있다. 유나의 고등학교 동창으로 보이는 이가 다가
가 그녀의 손을 잡고 영정 앞으로 데려다준다. 절을 하고 분
향을 마친 후 이윽고 여자가 정근 앞에 다가섰을 때, 정근은

여전히 떨리는 입술을 깨물고 있는 여자가 죽은 딸 유나처럼 보여 당황스러웠다. 영정 속 유나는 여자와 같은 옷을 입고 웃고 있다. 여자는 언젠가의 유나가 그랬던 것처럼 미간을 찌푸리고 입술을 깨물고 있다. 아빠만 아니었으면. 곧 그렇게 소리칠 것 같다. 정근은 여자와 맞절하며 그녀의 옅은 커피색 스타킹에 감싸인 발등을 쳐다봤다. 커피색 스타킹을 신은 중학생 유나가 현관으로 뛰어 들어올 것 같다.

어느새 지숙과 승무원 여자들, 유나의 고등학교와 대학교 동창들이 한 테이블에 둘러앉아 있었다. 정근은 멀찍이 앉아 그 모습을 지켜봤다. 왜 저들은 서로 아는 사이인가. 왜 부모인 나보다 유나의 친구들이 상주에 어울림 직한가. 오히려 나는 가족도 뭣도 아닌 것 같다. 정근으로서는 그런 생각을 할 수 밖에 없었다.

정근에게 인사를 건네 준 유나 친구는 덩치가 크고 험상궂은 얼굴을 한 녀석 하나뿐이었다. 장례식장 입구에서부터 대성통곡하며 들어오던 사내였다. 소도둑놈같이 생긴 녀석이었다. 미키마우스가 그려진 데님 후드 티셔츠에 청바지를 입은 꼴이 좋아 보이지 않았다. 유나에게 저런 친구도 있었나. 신발을 벗는데 웬일인지 캐릭터가 그려진 빨간 양말까지 신고 있었다. 최소한의 격식조차 갖추지 않은 녀석이었다.

그는 지숙에게만 다가서던 친구들과 다르게 처음으로 아

버지, 하며 정근을 부둥켜안고 울었다. 녀석의 몸집에 밀려 정근은 뒤로 한 발짝 물러섰다. 녀석의 이마가 어깨에 닿았고, 정근의 이마는 녀석의 요동 때문에 한동안 심하게 흔들렸다. 정근은 엉엉 우는 녀석의 등을 가만 쓸어내려 주며 내가 알던 녀석이었나, 생각했다. 관사 살던 아이인가. 하지만 그럴 리는 없다고도 생각했다. 언젠가 유나가 한 말이 떠올랐기 때문이었다.

군인 아저씨네 애들은 하나도 남지 않았어.

눈물이 많은 녀석인 것 같았다. 제가 아는 사람이 들어올 때마다 울었기 때문이었다. 심지어 녀석은 교대 차례가 되어 장례식장 입구에 앉아 부의금을 받으면서도 울었다. 그런 바람에 녀석의 미키마우스 티셔츠 소매는 내내 시퍼렇게 젖어 있었다. 소매로 눈물을 훔치며 입을 삐죽거리던 녀석이 손님이 뜸해지자 유나의 영정 앞에 주저앉아 담배를 피웠다. 향로를 재떨이로 이용하는 꼴이 아무래도 한마디 해야 할 것 같았다. 정근이 다가가서 말려 보려는데 지숙이 정근의 팔을 잡았다.

— 내버려 둬. 당신보다 더 끔찍하게 유나 챙겨 온 애야.

정근은 멈칫했다. 유나에게 오랜 시간 만나 온 애인이 있다는 이야기는 정근도 들은 적 있었다.

— 아, 저 애가 그 남자 친구야?

지숙은 대답 없이 정근을 장례식장 바깥으로 끌고 나갔다.

─지금 가장 후회되는 게 뭔지 알아? 당신이랑 이혼 못 한 거야. 그게 유나 소원이었는데. 결국 못 들어주고 보냈잖아. 나 우리 유나 원, 풀어 주려고 해. 당신도 그래 줘.

─급하게도 말한다. 천천히 이야기해도 되잖아. 그런 건.

─아버지 행세하려고 하지 마. 이제 와서.

함께 있으면서도 내내 한마디 없던 지숙이 기어코 하고자 했던 말이 그것인 것 같았다. 정근도 담배를 물었다. 아버지 행세. 그 말이 맞는 것도 같았다. 유나 친구들뿐만 아니라 유나를 본 적조차 거의 없었다. 특히 유나가 승무원이 된 이후에는.

정근으로서는 솔직히 불편했다. 유나가 입사한 항공사에는 정근의 사관학교 후배들이 대거 포진해 있었다. 사범대를 졸업했고 임용 시험을 준비하던 유나가 왜 갑자기 승무원이 되었는지도 이해할 수 없었다. 그러나 애초에 자신에게는 유나의 삶에 관여할 권한이 없었다. 결국 정근에게는 유나의 영정 사진을 결정할 권한조차 없었다.

─그런데 여보, 유나가 쓴 말이, 뭐였더라.

─무슨 말?

─일기에. 마지막으로. 삶으로 돌아올게요, 였어, 돌아갈게요, 였어?

지숙은 대답할 가치조차 느끼지 못한다는 듯 고개를 저으며 돌아섰다. 지숙이 자리를 뜬 이후에야 비로소 담배에 불을 붙일 수 있었다. 정근의 생각에, 지숙은 언제나 오해할 뿐이었다. 유나가 살아 있을 때 아버지 노릇도 제대로 못 해 준 주제에. 자식 앞세운 주제에 터무니없는 감상에 젖어 지껄이고 있다고 생각하는 것 같았다.

정근에게는 중요한 질문이었다. 아빠, 여기서 실패하면 군말 없이 삶으로 돌아갈게요. 유나가 남긴 마지막 일기의 수신인이 자신이기 때문만은 아니었다. 아빠를 언급했다고 해서 아빠에게 쓰는 편지가 아니라는 것쯤은 정근도 잘 알고 있었다. 유나가 편지글처럼 쓰던 일기를 정근은 기억했다. 가상의 청자나 수신인을 정해 놓고 이야기를 들려주듯 글을 쓰는 것을 좋아했다. 이런 걸 기억하고 있다는 이야기를 꺼내 봤자 이제 헤어진 것과 다름없는 부인에게 자식의 죽음을 소재로 수작을 거는 인간처럼 보일 것 같았다. 정근은 놀랍도록 차분했다. 눈물도 나지 않았다. 10년 가까이 제대로 보지 못했기 때문에 정을 떼 버린 건지도 몰랐다. 그렇다 하더라도 지금의 냉정함이 다행스럽게 여겨졌다. 지숙이 이성을 잃고 흥분할수록, 슬픔에 젖어 무력감에 빠질수록 자신은 더욱 냉정해지리라 마음먹었다. 유나가 죽었을 뿐이었다. 왜 죽었는지 아무도 몰랐다.

유나가 왜 혼자 그 길을 걸어야 했는지 지금으로서는 아무도 모른다.

유나는 차를 몰고 편도 1차선 도로를 달렸고 그대로 저수지에 들어갔다. 부검 결과 역시 명백하게 익사였다. 블랙박스를 판독하는 데 시간이 꽤 걸렸으나 모든 결과는 유나가 스스로 저수지에 들어갔다는 사실을 지시하고 있었다.

지숙이 다급하게 정근에게 다가왔다. 지숙은 정근의 손에 들려 있던 담배를 빼앗아 발로 밟았다. 빨리 가서 좀 말려 봐. 지숙은 정근을 잡아끌었다. 정근은 영문도 모른 채 지숙에게 끌려갔다. 어찌나 다부지게 잡아끄는지 슬리퍼가 몇 번이나 벗겨졌다. 그 와중에 정근은 장례식장 입구에 있는 안내 전광판을 일별했다. 홍유나. 31세. 상주의 이름과 발인 일자에는 불이 켜지지 않았다. 31세. 정근은 마치 자신의 딸 유나가 전사한 것 같은 느낌을 받았다. 젊은 시절 자신에게 죽음의 이미지는 자연사를 제외하고는 전사의 그것으로만 가득했다.

— 아버님, 이대로 있으실 겁니까. 저 자식들 지금 화환 보냈어요.

장례식장 입구는 난장판이었다. 철용은 제 분을 이기지 못해 손에 잡히는 것은 모조리 던지고 있었고, 정근은 저러다 유나 얼굴마저 던져 버리는 건 아닌가 하고 잠깐 생각했다. 철용은 주저앉아 울다가 일어나서 다시 짓밟힐 대로 짓밟힌 화환을 짓밟았다. 철용이 팔다리를 내저을 때마다 주변의 누군가가 말려 보려 하다 그만두길 반복했다. 더러는 철용을 붙들며 정신 차리라고 소리치다 그를 끌어안고 울기도 했다. 지숙도 마찬가지였다. 그만 좀 해, 지금 모두 아프니까. 젖먹이 아이를 달래듯 그를 달래는 지숙이 정근에게는 낯설었다. 대체 어떻게 말려 달라는 건지 도무지 알 수 없었다. 굳이 자신을 불러와 그를 때려눕혀 달라는 것도 아닌 듯했다. 그렇다면 같이 울어 달라는 건가. 아이들이 그러듯, 지숙이 그러듯, 그를 끌어안고 울어야 하는 건가.

애초에 유나에게 도착한 화환이 많지는 않았으나, 가장 먼저 도착했고 정근의 마음을 아프게 했던 사범대 동기들의 화환을 제외하고는 굳이 주목하지도 않았다. 정근이 현직에 있었다면 당연히 더 많은 화환이 왔을 것이라는 생각도 잠시 했었다. 떠올리자마자 불경스러워 그만둔 생각이었다. 누가 어떤 화환을 보내는지 따위는 중요하지 않았다. 설령 B항공사에서 보낸 화환을 자신이 먼저 발견했다고 하더라도 굳이 화를 내거나 하지 않았을 것이다. 어쩌면 그나마 성의 표시를 한다고 생각했을 수도 있다. 지숙에게 묻고 싶었다. 당신도 화가 났어? 나만 별생각 없었던 거야? 그러나 그 질문은 곧 '당신도 B항공사가 유나를 죽였다고 생각해? 나만 별생각 없는 거야?'와 같은 말로 들릴 것이었다. 정근도 유나의 죽음에 의

혹을 갖는 중이었고, 더욱이 유나의 죽음이 직장과 아무런 상관도 없는 '단순 자살'로 처리되는 일을 경계했다. 쓸데없는 말을 해서 지숙에게 오해받고 싶지 않았다.

그보다 철용의 소동을 지켜보다 보니 정근은 짜증이 났다. 유나 친구들이라는 자들이 이렇게 객기로만 가득 찬 치들이었나. 여기서 B항공사의 화환을 때려 부순들 해결되는 건 없었다. 그리고 장례식장에 유나 친구들만 있는 건 아니었다. 비록 자신이나 지숙이나 오래전에 부모를 잃었고 이제는 친구들조차 몇 남지 않은 건 사실이었다. 게다가 생때같은 자식이 돌연사한 마당에 잔칫집처럼 사람들을 부를 수도 없었다. 대부분 유나의 지인들이었지만, 그래도 어떻게 알고 찾아와 준 이들이 있었다.

그중 가장 마음에 걸렸던 건 옛 동료들이었다. 이제는 머리가 벗겨지고 검버섯까지 피기 시작한 자들, 순전히 노인처럼 보이는 늙은 예비역 장교들이었다. 그들은 이제 정근의 부하가 아니었다. 정근도 그들도 경례하지 않았다. 10년도 훌쩍 넘어 오랜만에 본 그들은 묵례를 했다. 정근도 그들에게 묵례했다. 그들이 찾아온 까닭은 부인들 때문이었다. 지숙은 그들의 부인들과 친했다. 지숙은 대부분의 부인들에게 격의 없이 대했지만 그들의 부인들과는 사조직을 만들어 어울렸을 정도로 친했다. 부인들이 소식을 알고 부부 동반으로 장례식장에 찾아와 준 것이었다. 지숙은 그들과 부둥켜안고 또 한참을 울었다. 정근 때문에 가까워진 사이였고, 이후 정근 때문에 멀어진 사이들이었다. 부인들은 영정의 유나를 보고 오열했다. 중학생 유나를 마지막으로 본 그녀들이었으니 기가 막혔을 것이다. 한 테이블에 모여 앉아 울다 지친 얼굴로 술을 마시던 부부들이 난리치는 철용을 내내 노려보고 있었다. 하기야 생전 처음 보는 꼴불견일 터였다. 유나가 죽은 것도 기막힌 마당에 이게 웬 못 볼 꼴인가.

　—아버님, 이거 자살 아니잖아요.

　엉금엉금 기어 온 철용이 정근의 바지 자락을 붙잡았다. 정근은 문득 그를 걷어차고 싶었다. 냅다 걷어차인 그가 마룻바닥에 나뒹굴면, 그 몸뚱이에 올라타 앉아서 천천히 뺨을 때려 주고 싶었다. 그의 눈을 똑바로 보며, 양 뺨을 차례로 쳐 주고 싶었다. 야, 이 새끼야, 너 이 새끼, 네가 나보다 더 힘들어? 어디서 유세를 떨고 지랄이야? 이 어린놈의 새끼가, 야, 정근은 입술을 깨물었다. 정근은 눈을 감았다. 살해하고 싶었던 수많은 풍경들이 떠오르려고 했다. 철용은 여전히 정근의 발목을 붙들고 매달렸다.

　—그 비열한 자식들이 우리 유나를, 유부남 부기장과 바람이 난 부도덕한 여자로 몰아 갔잖아요. 아버님, 말씀 좀 해 보세요.

철용은 함부로 지껄였다. 정근은 끝내 그 말을 들어 버렸다. 누군가가 지껄이는 육성으로 굳이 확인하고 싶지 않았던 내용이었다. 유부남 부기장. 오래지 않은 과거에 분명 그런 조어를 들은 적이 있었다. 경찰의 입에서였나. 그럴 리는 없었다. 아니면, 정말 꿈속에서였나. 유나가 기어이 정근의 귀에 대고 속삭였던 말인가. 낯설지 않다는 기분이 불쾌했다. 아니, 불쾌하다는 말로 부족했다. 정근은 유나의 방을 다 뒤집어서라도 남은 일기를 찾아내고 싶었다. 정근과 지숙이 발견한 일기는 마지막으로 쓴 단 하나뿐이었다. 삭제된 하드디스크 파일이 있다면 어떤 프로그램을 써서라도 복구해서 버려진 종잇조각들을 전부 다시 맞춰 봐야 했다.

철용이 원하는 대로 한 말씀만 했다가는 사달이 날 터였다. 입을 여는 순간 할 말이라고는 욕밖에 없었다. 야, 이 새끼야, 너 나를 언제 봤다고 아버님이야, 정근은 온몸을 휘감는 벌레같이 징그러운 상념에 사로잡혔다. 가만히 있으면 된다. 걷어차지 않고. 그러니까 미동도 하지 않고 가만히 있으면 된다. 정근은 실로 초인적인 인내심을 발휘해 그 상황을 견뎠다. 유나가 죽었다. 유나의 친구들이었다. 지숙도 그렇고 그들도 그렇고, 나보다 유나에 관해 더 많이 알고 있다. 나는 모른다. 나는 자격이 없다.

나는 유나에 관해 자격이 없다.

화내고 싶은 충동을 참게 해 준 유일한 이유였다.

*

대령의 딸이 죽었다. 이제 그는 대령이 아니었고, 군인도 아니었지만. 영훈은 유나가 보고 싶었다. 일어나 웃는 혜진을 보고 싶은 것처럼. 영훈의 가슴에 유나를 붙들고 단 한 번만 더 이야기해 보고 싶다는 열망이 끓어 넘쳤다. 그가 한동안 집처럼 드나든 대학 병원이 바로 유나가 다닌 대학 캠퍼스에 있었고, 더욱이 유나와 그는 그토록 오랜 시간을 한 직장에 있었지만 서로를 알지 못했다.

최근 그는 누구보다 유나를 자주 만났고, 많은 이야기를 나눴다. 그러나 그는 유나의 장례식장에 그림자도 비출 수 없었다. 유나의 장례식장이 또한 바로 그가 날마다 드나드는 대학 병원 장례식장이었음에도. 그는 유나가 죽었다는 사실 자체가 루머일 뿐이고, 자신과 유나가 다시 만난 적이 없었으며, 애초에 자신과 유나는 먼 옛날에조차 만난 적이 없었다고도 생각해 버리고 싶었다. 그러나 그렇다면 유나가 불행해지는 일도, 임용 시험 준비를 그만두고 항공사에 입사하는 일도, 그렇게 죽어 버리는 일도 없었으리라고 확신할 수 있을까.

유나의 불행이, 승무원이 된 자발적 선택이, 그 죽음이, 전부 자신과 관련된 일이라고 생각하는 것도 주제넘은 짓이었다.

영훈은 B항공에서 유나와 마주치던 순간부터 상상해 왔다. 혜진과 유나와 자신이 한데 마주 앉아서 담소를 나누는 모습. 건강한 혜진과 승무원 유니폼을 입은 유나와 자신이 아무런 걱정거리도 없이 먹고 마시며 노는 모습. 터무니없는 판타지라는 것을 잘 알면서도 영훈은 그 모습을 종종 떠올리곤 했다. 그러나 상상 속 풍경에는 늘 놀랍게도 90년대에나 볼 수 있었을 법한 작은 브라운관 텔레비전이나 낡은 전축, 유선 전화기 등이 등장해 영훈을 맥 빠지게 했다. 지금으로선 불가능하다는 자의식의 방증이었다.

영훈은 그저 가만히 앉아 있다.

유나는 죽어 버렸고 혜진은 아직도 깨어나지 않았다.

몇 년 전 대대적인 리모델링을 마쳤다는 대학 병원의 외관은 흡사 5성급 호텔처럼 화려해 보였다. 오래전 혜진은 새로 지은 대학 병원에 취직했다. 화려하든 화려하지 않든 그곳은 병원이고 혜진은 간호조무사였다. 동네의 허름한 개인 병원에 있을 때와 별다른 것도 없을 것 같았는데, 혜진은 병원이 크고 화려하다는 사실을 거듭 강조하며 기뻐했다. 영훈은 그 모습을 다시 떠올린다. 뭔가를 떠올리고, 떠올리는 것밖에 할 수 없다. 더구나 이렇게 앉아서는. 영훈은 그곳에 한 번도 가

보지 못했다.

오늘도 와자지껄 떠드는 학생들이 영훈의 시야에 끊임없이 들어왔다 사라지고를 반복했다. 무겁던 대기가 가벼워지고 있었다. 여자들의 옷차림은 그와 함께 가벼워진다. 대학 신입생들의 옷차림은 가벼운 중에서도 가장 가볍고 가장 빛났다. 곧바로 패션 잡지 한 페이지에 박제되어도 좋을 것 같은 여학생들이 날듯 뛰어다녔다. 그들의 손에 얼음을 띄운 갖가지 음료가 들려 있었다. 학생들이 들고 있는 책, 입에 물려 있는 담배, 그게 무엇이든 봄 햇살 아래에서 빛나는 것 같았다. 무리 지어 걸어가는 학생들의 팔이 아무렇게나 엉켜든다. 그들의 팔은 정확한 목표 지점도 없다. 그런 모습들을 영훈은 가만히 관찰했다.

대학 병원 벤치에 앉아 담배를 피우다 보면 꽤 많은 사람들을 관찰할 수 있었다. 병원 건물 주변에 조성된 휴식 공간에는 당연하게도 환자보다는 환자의 보호자들이 많았고, 환자들과 전혀 상관없는 사람들이 더 많았다. 사립대학 부속병원인 병원은 대학 캠퍼스와 대로의 지하철역 사이에 있었다. 그러므로 병원 근처를 지나는 대다수의 사람들이 학생들이었다. 병원을 둘러싼 수많은 건물들이 술집과 커피숍이었다.

대학 병원 주변에서는 병원 특유의 엄숙함과 그에 동반하는 비릿한 냄새의 흔적을 찾아볼 수 없었다. 아침 일찍 벤치에 앉아 있으면 부지런한 학생들이 젖은 머리카락을 휘날리며 종종걸음으로 뛰어가는 모습이 보였다. 한낮에는 공강 시간 동안 커피를 마시러 나온 학생들로 붐볐고 한밤중에도, 새벽에도 그 대학 학생들로 병원 근처는 항상 시끌벅적했다. 벤치는 주로 학생들의 휴식 공간으로 사용됐다. 환자들의 소중한 휴식 공간입니다. 금연을 부탁드립니다. 두 문장으로 된 정중한 경고 문구가 붙기 전까지 학생들은 삼삼오오 모여 그곳에서 담배를 피웠고 경고 문구가 붙은 후에도 상황은 별다르지 않았다. 거나하게 취한 학생들은 의자를 밟고 올라서서 큰 소리로 노래를 부르기도 했고 일자로 누워 잠을 자기도 했다. 영훈도 물론 그곳에서 늘 담배를 피웠고, 금연을 부탁드린다는 말도 당연히 무시했지만 학생들로 붐벼 자리가 없을 때엔 그들의 무질서를 증오했다. 병원이었고, 병원 앞 벤치였고, 어쨌거나 그곳은 환자들과 그 보호자들을 위한 장소여야 했다. 그러나 학생들은 아픈 사람들과 죽은 사람들에 대한 예의가 없었다.

영훈은 어느 날 병원 1층 구석에 위치한 장례식장 앞을 지나다가 웃기지도 슬프지도 않은 촌극을 목격했다. 지칠 대로 지쳐 버린 상주와 그 아내로 추정되는 검은 치마저고리를 입은 여자에게 한 젊은 여자가 절뚝이며 다가가고 있었다. 새벽 3시였고 늦은 조문객으로 보였다. 다리가 불편한 것 같지는 않았는데 여자는 제대로 걷지 못했고 핏발이 선 눈은 울다 지친 것처럼 보였다. 상주와 그의 아내는 여자에게로 다가갔다. 영훈은 문득 멈춰서 그 장면을 구경했다. 화장기 없는 초췌한 얼굴을 한 검은 치마저고리 여자는 꽤 미인이었다. 그녀의 놀란 두 눈이 예뻤고 영훈은 순간 자기도 모르게 혜진의 눈을 떠올렸다. 그렇게 휘둥그레진 눈을 언제 봤는지 기억나지 않았다.

상주의 아내는 절뚝이는 여자의 두 손을 잡았다. 상주는 아내를 애처로운 눈으로 쳐다봤다. 영훈은 문득 누가 죽었는지 궁금했다. 어떤 사연이기에 젊은 여자가 사색이 되어 찾아왔을까. 생전 처음 보는 사이더라도 망자와의 인연을 고스란히 뒤집어쓰고 애틋해지는 게 상주와 조문객 관계다. 영훈도 잠시 그런 감상에 사로잡혔다. 그러나 절뚝이는 여자는, 돌연 매몰차게 그들을 뿌리쳤다. 여자는 여전히 절뚝거리며 갑자기 영훈 쪽으로 다가왔다. 영훈이 미처 상황을 파악할 겨를도 없이 여자는 영훈을 지나쳐 화장실로 갔다. 여자는 이미 가고 없는데 술 냄새가 확 끼쳐 오는 것 같았다. 어리둥절한 영훈과 상주, 그의 아내가 복도에 서 있었다. 화장실 밖으로 왁왁 거리는 소리가 들려왔다. 그 소리는 아주 크게 울렸다. 여자는 다만 취객일 뿐이었다. 상주와 그의 아내는 황망하게 서 있었고 영훈도 얼결에 그 황망함에 동참했다. 잠시 후 여전히 정신이 혼미한 듯 보이는 여자는 비틀거리며 화장실에서 나왔다. 풀어헤친 긴 머리카락이 토사물 범벅이었다. 여자는 그런 모습으로 장례식장 앞을 유유히 떠났다.

그런 일도 일어나는 곳이 대학 병원이었다. 병원 바깥은 캠퍼스의 일부였다. 과한 젊음과 아무도 허락하지 않아도 무방한 것 같은 자유분방함이 넘쳤다. 영훈은 대학 캠퍼스 특유의 뽕이라도 맞은 것 같은 그런 분위기가 불편했다. 자신에게도 그런 시절이 있었다. 그 시절이 어느새 먼 옛날이라는 부인할 수 없는 사실이 영훈을 불쾌하게 했다. 잔뜩 취한 새벽 길바닥에서 맞닥뜨리는 누구와도 친구가 될 것 같고 누구도 사랑할 수 있을 것 같은 기분, 그런 걸 자신도 느껴 본 적 있었다. 그 시절에 혜진을 만났다. 그렇기에 지금도 그런 기분은 차가울 정도로 생생했다.

최신 유행하는 아이돌의 발랄한 음악과 학생 대표의 우렁찬 구호가 가까이에서 들려온다 한들 병원 안, 정확히 병실 안은 여느 병원과 마찬가지로 비릿했고 우울했다. 보호자들의 깊은 무기력감과 불안감, 죄책감과 그에 못지않은 짜증과 날카로움. 영훈은 특히 침대 옆 협탁에 놓인 가습기를 볼 때마다 힘이 빠졌다. 죽은 자나 마찬가지로 그저 누워 있는 혜진의 곁에서 대신 맑은 숨을 내쉬고 있다. 혜진이 아니라면 여기 있을 이유가 없는데, 혜진 말고 모든 것이 살아 움직이고 있다. 종종걸음을 걷는 간호사의 슬리퍼. 하얀 슬리퍼의 앞코에 가뭇하게 올라온 땟자국을 보면 그것 역시 바쁘게 살아 있다는 증거일 터라 질투가 났다. 죽은 것도 아니지만 살아 있는 것도 아닌 혜진 대신에 왜 그녀가 내처 움직이는가. 하기야 병실이란 곳은 원래 그랬다. 어쩌다 6인용 병실을 일별하면 죄다 그런 꼴이었다. 한데 모여 한심한 드라마를 관람하는 꼬락서니. 도처에 먹다 남은 카스텔라 조각들과 요거트 따위의 쓸데없는 간식거리들. 개미가 슬슬 꼬이는 변색된 사과 조각. 일회용 접시와 일회용 수저와 포크, 나이프 같은 것들. 배달 온 죽 그릇과 슬리퍼. 그리고…….

아저씨보다 내가 먼저 그만두게 되네요. 죽어서 본의 아니게. 오래오래 다니고 싶었는데.

그래, 여보. 유나와 당신은 여기에서 만난 적 있어. 영훈은 머릿속에 울리는 유나의 말에 대답하는 대신 혜진에게 말한다. 지난겨울, 유나는 혜진의 병실에 찾아왔다. 그때나 지금이나 영훈은 출근하지 못하는 중이었다. 회사에서는 연락이 없었고, 영훈은 마치 무기정학 맞은 불량 학생이 된 것 같았다. 사실 다를 것이 없었다. 영훈은 그런 자신의 상황을 생각하기보다는 그저 유나에게 미안했다.

유니폼 위에 카멜색 바바리를 걸치고 서류 가방을 든 유나는 성숙해 보였다. 직장이 아닌 곳에서 보니 더욱 그런 것 같왔다. 5년 차잖아요. 겨울 한낮의 쨍한 햇빛이 창문을 통과해 들어왔다. 동그란 유나의 이마가 햇빛을 받아 깎아 놓은 밤같이 빛났다. 혜진이 눈을 떠 그 모습을 본다면 승무원 유니폼을 입었건 말건 유나를 금세 알아보고 와락 껴안으며 울어 버릴 것 같았다.

침대 옆 협탁에 놓아둔 가습기에서 새어 나오는 김을 물끄러미 바라보며 유나가 물었다.

— 왜 아저씨는 예나 지금이나 불행하기만 해요?

*

객실에서 중력에 관한 이야기라곤 딱 한 번 나눠 봤어요. 딱히 이야기를 나눈 것이라고도 볼 수 없지만. 입사한 지 1년이 지난 2년 차 비행 중, 비즈니스 객실이었어요.

— 스튜어디스는 중력 때문에 가슴이 처졌다던데. 사실이오?

저, 대답하지 않았어요. 대답하지 않고 그저 앞만 보고 걸어갔어요. 그가 어떤 표정으로, 어떤 자세로 그런 말을 했는지 전부 잊어버렸습니다. 그 부분이 아예 까맣게 지워져 있어요. 그 순간 나를 지워 버렸고, 그와 내가 함께 있는 공간의 물성을 전부 지워 버렸어요. 단지 걸음을 멈추었을 때, 내 의지와 관계없이 걸음을 멈춰야 했을 때 그곳이 내게는 세상의 끝 같았고, 모서리같이 뾰족하게 느껴졌다는 것만 기억나요. 늘 가지고 다니던 빨간 통 연고를 꺼내서 천천히 볼에 발랐어요. 마치 의식처럼. B항공의 직원이 되고, 비행을 시작했을 때부터 나는 습관처럼 그런 의식을 치르곤 했어요. 마치 신경안정제에 의존하듯 물건들에 의존하고 있었어요. 승무원이 된 후 두 달 만에 주한이 사다 준 연고 하나가 동이 났습니다. 처음 그걸 받았을 때만 해도, 유통기한이 다 될 때까지 쓸수 있을까 싶었는데 그렇게 곧장.

보습에 매우 효과적이라고 소문난 호주산 빨간 통 연고입니다. 주한은 내게 빨간 통 열 개, 세안용 고급 비누 스무 개, 바디크림과 핸드크림을 각각 서른 개씩 사다 주었어요. 집게 손가락으로 표면에 원을 그리며 연고를 덜어 낼 때마다 이런 물건들을 짊어지고 오느라 고생했을 그를 생각해야 했습니다. 거의 다 덜어 냈을 무렵에는 가장자리만 남고 가운데가 움푹 꺼진 연고를 보며 왠지 실패한 너 같다, 고 생각했습니다. 주한은 내게 줄 기념품만 가득 갖고 돌아왔습니다. 아무것도 못 하고. 쫄딱 망하기만 해서.

나에게 주어진 규칙들에 대해서 생각합니다. 나는 결국 그 일로 따귀를 얻어맞았습니다. 그런 말에조차 대답하지 않았다는 게 이유였습니다. 나는 만약 그 순간을 법에 읍소한다면, 태평양 어디쯤의 상공에서 법적 처리는 어떻게 이루어질 것인지를 생각했습니다. 여긴 어떤 법도 무용한 공해상 같은 곳인가. 만일 그가 내가 아닌 승객을 희롱했다면 그땐 적법한 절차를 거쳐 그를 처벌할 수 있을 것인가. 나는 운 좋게도 지금껏 살아오며 단 한 번도 형법각론 같은 걸 뒤져 봐야 할 일이 없었고, 법을 잘 알고 활용할 줄 아는 친구가 간절히 필요했던 적도 없었어요. 그러므로 그때 법이라는 글자를 내내 떠올리고 있는 자신이 곧 우스워지고 말았습니다.

아빠가 억울한 일을 당했다면 내가 같이 싸워 줬을까요.

난 아마 같이 싸워 주지 못했으리라고 확신합니다. 나는 귀찮아했을 거예요. 심지어 나 자신의 일도 귀찮았거든요. 행동이 잘못되었다는 이유로 따귀를 맞았을 때 나는 집에 가고 싶다고만 생각했습니다. 반신욕하고 누워 자고 싶다. 온통 그런 생각뿐이었습니다.

우리가 반드시 지켜야 하는 규칙들에 대해서 생각합니다. 어떤 일이 있어도 잊어버려서는 안 되는 물건들 같은 것 말이에요. 가령 1년 차까지는 반드시 챙겨야 하는 매뉴얼 책, 행동 강령과 기내 안전 정보 등을 빼곡하게 적어 둔 브리핑 노트 같은 것들. 기내에서 신을 캐빈 슈즈, 앞치마, 계산기, 손전등 같은 것들. 어릴 적 본 「캐빈 어텐던트」라는 미국 드라마에서 잊어지지 않는 장면이 있어요. 주인공인 승무원이 플라이트 백을 놓고 나왔다가 하루 종일 '미스 플라이트'라는 놀림을 받는 겁니다. 과장되기야 했겠지만 사무장, 부사무장을 포함해 기장, 부기장까지 하루 종일 그녀를 놀려 댑니다.

어린 나는 '미스'가 뜻하는 것이 '놓쳐 버리다'인지, '미혼 여자의 성 앞에 붙이는 호칭 또는 지칭'인지 구분하지 못했고, 어쩐지 후자에 더 가깝다는 확신이 들었습니다. 아니었지만요. 그녀는 공항에서부터 객실에 있는 동안 내내, 그리고 다시 돌아올 때까지 동료들에게 놀림과 비난을 받는데, 이제와 생각하면 그런 놀림 자체가 그들이 지켜야 하는 규칙이었습니다.

나의 규칙이라고만 생각하면 외로웠는데.

우리의 규칙이라고 바꿔 생각해도 달라지는 건 없어요.

나의 규칙이 우리의 규칙이 되면 지켜야 하는 것들이 몇 배로 늘어날 뿐이죠. 이제야 조금 알 것 같아요. 주한 역시 그런 '우리의 규칙'을 감당하지 못해 도망치듯 돌아왔죠. 목표했던 1년을 다 채우고 왔기 때문에 도망친 건 아니라고 오랫동안 주장했지만, 결국 시간만 죽이고 도망쳐 버린 거예요. 돈 한 푼 제대로 받지 못하고. 돌아오는 길에 캐리어가 깨져서 안에 있던 물건들을 이고 지고 고생하면서 왔어요. 보자마자 따귀를 때려 주고 싶었어요. 전부 다 내게 선물할 것들. 뭐 하러 그런 물건들을 고생하면서 가져왔느냐고.

주한은 스무 살 때부터 외국에 가고 싶어 했어요. 정확히는 외국 가서 영어 공부를 하고 싶어 했죠. 잠깐이라도 좋으니 어학연수를 다녀오고 싶다고. 유학은 꿈도 꿀 수 없지만 단 6개월이라도 좋으니 영어권 국가에 다녀오고 싶다고 했죠. 그를 이해했지만, 한편으로는 맹목적으로 보였던 것도 사실이었습니다. 저는 그냥 독서실 다니면서 영어 공부 해, 정도로 성의 없게 대답하곤 했는데 일부 진심이었어요. 왜 영어권 국가에 가서 영어를 모국어로 쓰는 인간들과 섞여 살아 봐야만 영어가 는다는 건지 알 수 없었어요.

주한을 한심하게 여길 뻔한 적도 있었죠. 저기, 그냥 AFKN 틀어. 그 말이 무슨 저열한 농담이나 악담이라도 된다는 양 주한은 저를 노려봤어요. 그때 우리가 미군 부대에 살던 시절, 나에게는 몰래 꿀밤이나 먹이면서 미군들한테는 비굴하게 웃던 카투사 아저씨들 생각이 나 버렸어요.

우연이었지만.

그래도 주한이 그런 꿈을 꾸지 않았다면 애초에 우리가 만날 일도 없었을 테니까요.

*

    유나의 영정 앞에서 결국 화를 참지 못하고 그 아이를 패 버렸다면. 어쩌면 다시는 지숙을 만나지 못할 수도 있었으리라, 정근은 생각했다. 지숙은 유나를 태우며 끝내 혼절하고 말았다. 내내 철용에게 기대 있었고, 철용의 손을 잡은 채였다. 철용은 지숙을 업고 냅다 달려가다 말고 다시 돌아왔다. 이건 어머님이 원하시는 바가 아닌 것 같습니다. 어머님은 지금 비록 쓰러지셨지만, 끝까지 유나 가는 모습 지켜보고 싶으실 겁니다. 깨어나시면 그대로 두지 않았다고 화를 내실 거예요. 주절거리며 그는 쓰러진 지숙을 안고 결연하게 서 있었다. 결국 다른 친구들이 나서서 지숙을 응급실로 옮겨 갔다. 정근은 미치지 않는 자신이 원망스러웠다. 미치는 게 예의 같을 때가 있었다. 이런 순간에 혼절하지 않는 게 무례가 아니라면 뭘까.

    그런 생각 중에도 눈길이 가는 아이가 있었다. 유나의 가장 친한 친구들 중 한 명이었다. 한 번도 자리를 뜬 적 없는 녀석이었다. 장례식장에서 철용이 소동을 피울 때도 구석에 말없이 앉아 있었고, 부의금을 받을 때는 미동 없이 앉아서 봉투를 정리했다. 그 손길이 하도 엽렵해 마치 행정 업무를 처리하는 사무원 같았다. 아이들이 한꺼번에 얼싸안고 오열할 때도 녀석은 가만히 있었는데 오히려 그 모습이 눈에 띄었다. 어쩌다 정근과 눈이 마주치면 녀석은 천천히 고개 숙여 인사했다.

정근은 몇 번이고 지숙에게 저 녀석도 유나의 절친이냐고 묻고 싶었지만 꾹 참았다. 녀석은 춘하추동 입을 것이 분명한 얇은 단벌 양복을 입고 있었고, 재킷을 벗고 와이셔츠 소매를 걷어 올린 후 술과 음식들을 날랐으며, 먼지가 하얗게 달라붙은 재킷을 그대로 덮고 구석에서 잠을 잤다. 지숙은 새벽마다 취객들처럼 여기저기 잠들어 있는 아이들에게 담요를 덮어 주러 다녔다. 정근은 멀찌감치 서서 그 모습을 하나도 놓치지 않고 지켜봤다. 내려앉은 옷 먼지를 살살 털어 주고, 머리통에 눌린 팔을 빼내 담요 속에 넣어 주고, 대신 쿠션이나 베개를 머리통 밑에 넣어 주는 그런 모습들.

녀석은 여전히 얇은 양복 하나만 걸치고 서 있었다. 문득 온화한 초봄 날씨가 쌀쌀하게 느껴졌다. 건너다본 녀석의 와이셔츠 칼라가 때에 절어 거뭇거뭇했다. 오늘은 집에 가서 씻고 옷 갈아입어야지. 정근은 깜짝 놀랐다. 생각만 하고 말 줄 알았는데 내뱉어 버린 것이다. 녀석도 깜짝 놀란 듯 토끼 눈을 뜨고 정근을 봤다.

―아버님. 인사도 제대로 못 드렸습니다.

녀석은 허리를 굽히며 인사를 했다. 자기 이름을 말하는데

당연히 처음 들어 본 이름이었다. 녀석이 소리 내 말하는 것
역시 처음 들었다. 녀석의 말투에 정근은 적잖이 당황했다. 장
례식장에서 이런 말투를 쓰는 녀석은 본 적 없었다. 들었다면
반드시 기억했을 것이었다. 정근은 대답 대신 물었다.

　ㅡ자네, 고향이 어디인고?

　녀석의 얼굴이 빨개졌다. 가만히 보니 귀밑과 턱까지 온통
붉어지는 것 같았다. 남아 있던 유나의 다른 친구가 다가와
넉살 좋게 녀석을 대신 소개했다. 아버님, 유나 남자 친구입니
다. 10년 사귄 남자 친구요. 아버님도 들으셨죠? 부모님 고향
도 광주시고, 나고 자란 곳도 광주예요. 전라도 광주, 무등산
있는 광주요. 유나랑은 동아리에서 만났고요. 가만히 있던 녀
석이 갑자기 손사래를 쳤다.

　ㅡ아버님, 제가 직접 말씀드렸어야 했는데. 죄송합니다.

　정근에게 그들의 말은, 유나의 시신이 소멸하는 와중에 자
신에게 최선을 다해 예의를 지키려 애쓰는 그들의 말은 오히
려 자신의 자격 없음을 꾸짖는 말과 같이 들렸다. 자신이 알
고 있던 것은 유나에게 오래된 남자 친구가 있다는 사실뿐이
었다. 10년이나 만났는지는 짐작도 못 했고, 동아리에서 만났
다는데 그게 무슨 동아리인지도 몰랐다. 그러기는커녕 유나
가 대학 때 동아리에 들었다는 사실조차도 몰랐다.

　다만 정근에게 녀석의 말투는 듣자마자 한꺼번에 생각나

는 어떤 얼굴들과 함께 모종의 사건에 연루되었던 기억 같은 것을 떠오르게 했다. 얼굴도 사건의 내용도 기억나지 않는데 못내 찜찜한 기분이 들었다. 젊은 시절에는 수많은 사람을 두들겨 패고 쥐어박아도 금방 아무렇지 않았는데 나이가 들면 들수록 뒤늦게 찾아오는 후유증처럼 아파지는 데가 있었다. 그런 걸 떠올리게 했다. 인정하고 싶지 않았지만 고향 말투와 비슷한 말투였다. 자신으로서는 오래전에 잊어버렸던.

　장례를 마친 후에도 한동안 정근은 녀석의 말투를 떠올렸다. 아버님, 하는 순간 자신을 찌르던 느낌이나 다른 친구들처럼 울고 소리치지 않던 녀석의 분위기가 시도 때도 없이 떠올랐다. 유나의 다른 친구들도 종종 생각났다. 덩치 큰 양아치 같은 철용이 녀석, 유나의 사범대 친구들, 고등학생일 때 어울려 다녔다는 친구들, 어디서 만났는지 모를 수많은 친구들, 유니폼을 입은 채 찾아온 승무원 친구들. 그들과 뭐라도 좋으니 이야기를 나눠 보고 싶었다. 지숙은 여전히 자신을 원망했고 그 원망은 유나의 죽음으로 인해 회복할 수 없을 만큼 강렬해진 듯했다. 정근은 유나가 죽었다는 소식을 너무 늦게 들었다. 그러니까 이제 어쩔 수 없이 장례식을 치러야 할 무렵에야 들은 것이었다. 유나가 남긴 마지막 일기의 수신인이 자신이었음에도 불구하고. 그러나 마치 자신이 일부러 늦기라도 한 양 지숙은 그를 마음 깊이 저주했다. 장례를 마친

후 첫 만남에서 지숙은 정근을 향한 악감정을 숨김없이 드러
냈다.

— 자식 팔아서 장사하는 것도 아니고. 왜 부의금이 이렇게
나 많이 걷힌 거야?

곁에 있던 지숙의 언니, 정근의 처형이 보다 못해 거들었다.

— 그걸 홍 서방한테 뭐랄 건 아니지. 홍 서방이 자리 잡고
앉아 돈 받았나. 너나 홍 서방이나 경황이 없어서 애들이 받
고 있는지 어쩌는지도 몰랐잖아.

정근은 어렵게 입을 열었다.

— 그래. 나도 인지하지 못했어. 유나 친구들이 알아서 해
주고 있으니까.

지숙은 당장 노려보며 대꾸했다.

— 유나 친구들? 친구들 없었으면 나는 아무것도 못 했어.
당신은 조문객처럼 마지막에나 나타났지? 유나가 아빠라는
단어를 쓰지만 않았다면 경찰이 굳이 연락하지도 않았을 거
고, 그러면 나는 당신을 조문객으로도 안 불렀을 거야.

처형은 지숙의 입을 틀어막았다.

— 그만해, 그만.

지숙은 그대로 또 울음을 터뜨렸고, 정근은 짜증이 났다.
젊을 때 같았으면 한 대 쥐어박고도 남았을 것이었다. 그러나
그런 날들이 누적되어 지금에 이르렀다는 걸 정근도 잘 알고

있었다. 지숙은 눈물을 훔치며 노트를 여러 권 펼쳐 놓고 조문객들에게 전화를 돌렸다. 유나 친구들이 먼저였다. 처형은 과일을 깎으며 그 모습을 지켜봤고 더러 한숨을 내쉬었다. 유나 엄마야, 응 엄마야, 계좌 번호 알려 줘, 지숙은 애써 목소리를 가다듬으며 말했다. 그동안 애써 준 것만으로도 고마운데, 와 준 것만으로도 고마운데, 엄마 이 돈 못 받아, 제발 부탁이야, 엄마 이 돈 못 받아. 애들이 번번이 거절하는 모양인지 통화는 매번 길었고 처형은 어느새 같이 울고 있었다.

정근은 깎아 놓은 과일 한 조각도 집어 먹지 못하고 황망하게 그 모습을 지켜만 봤다. 옛날 같았으면 짧은 욕 한마디 내뱉고 담배를 피우러 나갔을 것이다. 그땐 화가 나도 그렇게 했고 슬퍼도 그렇게 했다. 비극적인 상황에서는 언제나 그랬다. 그러나 지금 정근은 그저 가만히 앉아 있었다. 무엇을 해야 할지 모르겠다. 그런 자신의 무능력에 가장 화가 났다.

지숙과 처형이 자리를 비웠을 때, 정근은 아이들 연락처가 적힌 노트를 살펴봤다. 유나가 쓰던 대학 노트였다. 표지에 유나가 졸업한 대학의 로고가 크게 박혀 있었다. 표지 안쪽에 매직펜으로 굵게 적어 놓은 학번과 이름이 있었다. 책 속에만 묻혀 있지 말고 함께 싸우자. 신입생 시절 적어 놓은 포부 같은 것이었다. 그러나 어쩐 일인지 정작 노트는 단 한 페이지만 사용한 채 내내 비어 있었다. 입학한 날짜가 적혀 있는 아래 첫 수업과 관련한 필기가 되어 있었지만 이후에는 유나가 사용한 흔적이 없었다. 지숙은 노트의 절반쯤부터 유나 친구들의 연락처를 적어 놓았다. 지숙이 노트를 발견하고 사용한 지도 얼마 안 된 것 같았다.

정근은 거기에서 윤철용, 강주한의 연락처를 찾았고 그대로 핸드폰에 받아 적었다.

*

    남자 친구 고향이 광주라는 이야기를 들었을 때 아버지 고향인 여수를 자연히 떠올렸지만, 곧 내가 단 한 번도 그곳에 가 본 적 없다는 사실을 깨달았습니다. 할머니와 고모들도 내가 태어나기 전부터 서울에 살았다고 했죠.

    내력인지, 아버지의 아버지는 여수를 떠난 적이 없다고 했지만 아버지는 임관한 이후 한 번도 뵌 적 없다고 했었죠. 아버지는 고향을 떠나온 이후 한 번도 그곳에 가 본 적 없다고 했습니다. 나는 철이 들고 언젠가 아버지 고향이 서울이 아니라 여수라는 사실을 우연히 알게 된 후 깜짝 놀랐습니다. 나는 아버지가 말끝마다 전라도 사람들을 욕하기에, 아버지의 고향이 전라도일 리는 없다고 생각했거든요. 아주 어릴 적부터. 전라도 놈들은 비겁하고, 사기꾼이고, 사람 뒤통수 치고…… 그런 말을 내뱉는 아버지가 다름 아닌 전라도 사람이었다는 걸, 나는 아주 뒤늦게야 알았어요.

    내가 스물한 살, 주한이 스무 살 때. 우리는 올림픽공원 체조경기장에서 처음 만났어요. 나는 대학교를 1년 다니다 휴학한 상태였고, 주한은 재수생이었습니다. 아버지와 따로 살기 시작한 지 1년쯤 지난 후였죠. 그때 나는 수많은 아르바이트를 하는 중이었는데 세상에 이런 일도 있구나, 이런 일로 시간을 때우며 돈을 벌 수도 있는 것이구나, 날마다 신기해하는 중이었습니다.

엄마에게는 평일 낮에 부자 동네의 조용한 커피숍에서 서빙을 한다고만 말해 두었습니다. 그마저도 너무 안타까워하던 엄마였으니까요. 부자 동네라고 해도 무역 회사들이 밀집한 중심가의 뒷골목은 조금 위험한 곳이었습니다. 커피숍에서 커피만 파는 게 아니라 술도 판다는 건 엄마에게 굳이 이야기하지 않았죠. 손님이 워낙 없어 조용하고 사장은 취미 생활을 하러 자리를 곧잘 비우기 때문에 혼자 음료수를 만들어 먹으며 공부도 할 수 있다고 한 건 반쯤 사실이고 반쯤 거짓이었습니다. 대낮에도 키핑해 둔 술을 찾아 먹으러 오는 몇 안 되는 손님들은 근처 회사 사람들이었는데, 그들은 내게도 술을 권했죠. 가끔은 받아 마셨습니다. 사장은 초반에만 함께 있어 주다 언젠가부터 아예 카페를 나에게 전부 맡겨 뒀는데, 어느새 나는 그들의 친구처럼, 옆에 앉아 잘도 술을 받아 마시곤 했습니다.

출근하며 카페의 문을 열고 조명을 켜고, 퇴근하며 조명을 끄고 카페의 문을 닫으면 가끔은 내가 사장이 된 것 같은 허황된 기분에 젖곤 했어요. 열쇠를 건물 옥상에 있는 화분 흙속에 잘 묻어 놓고 돌아서면 가야 할 곳은 다시 아르바이트할 일터였지만요. 처음에는 분식집에서 야간 아르바이트를 했는데, 손이 빠르지 못해 곧 잘려 버렸어요. 호프는 생각도 못한 게 커다란 맥주잔을 들어 옮길 자신이 없었거든요. 나는 아버지를 닮지 못해 약골이니까요. 그래도 나는 일을 하고 싶었어요. 휴학 중이니 무슨 일이든 닥치는 대로 해서 돈을 모으고 싶었죠. 아르바이트 구인 사이트에 날마다 붙어 살았어요. 그러다 신세계를 발견했죠. 서비스직, 사무직, 생산·건설·노무 등 카테고리마다 가장 아래에 있는 '기타'라는 항목 말이에요. 서비스직 기타, 사무직 기타, 클릭해 볼 생각도 없었던 그곳에 들어가니 신기한 아르바이트 자리가 많았어요. 저는 거의 놀러 다녔죠. 네일아트 연습생의 손 모델이 되어 주기도 하고, 사진작가 지망생의 스냅사진 모델이 되어 주기도 하고, 입시 미술 학원의 두상 모델이 되어 주기도 했습니다. 그러나 신기함이 사라지자 금세 힘들어졌어요. 손톱이 부러지거나 피가 나기도 했고 더운 날씨에 옷을 껴입고 사진을 찍어야 했고 오래 앉아 있는 일도 힘들었어요. 게다가 보수는 턱없는 푼돈이었죠. 오며 가며 차비와 밥값을 빼고 나면 1000원짜리 몇 장 남는 일도 부지기수였습니다. 아르바이트라고 할 만한 일이 아니게 되어 버린 거죠. 그러나 저는 꾸준히 '기타' 항목에서 건수를 찾아봤습니다.

보험 회사나 재무컨설팅 회사의 설명회를 듣고 문화상품권이나 영화예매 티켓을 받았고, 설문조사에 응하고 간식거리를 받아 오기도 했습니다. 그러는 동안에는 어차피 이 시간에 아무것도 하지 않는다면 이만큼의 이득도 얻지 못하리라는 생각을 하며 애써 스스로를 위안했어요. 친구들에게는 세상을 배우고 있다고 둘러댔죠. 어떤 친구는 시간 낭비하지 말고 공부를 하라고, 그게 남는 일이라고 했지만 당시의 나에게는 그다지 와닿지 않았어요. 하필 그 말을 하는 친구는 곧 영국 어학연수를 앞두고 있었기 때문에, 마음속에 커다란 장벽만 생겨났을 뿐이었죠.

그래도 저는 곧 영국으로 떠날 친구의 환송회에 참석해서 선물로 담배 두 보루를 쥐어 줬습니다. 영국은 담배가 워낙 비싸서 웬만큼 잘사는 집 애들도 유학 가면 거지처럼 종이에 말아 피운다더라. 아껴 피워라. 덕담을 해 줬어요. 친구는 내게 말했어요. 너는 어학연수 생각 없어? 아빠한테 보내 달라고 해. 저에게는 이미 아빠가 없는 것과 다름없었죠. 있었다 해도 보내 주지 않았을 거지만요. 내가 대답을 않자 친구는 소책자 하나를 건네줬어요. 여기 한번 알아봐. 잘 알아봐야겠지만 일단 무료라잖아? '홈스테이 무료 제공, 어학연수의 기회' 지금도 생생하게 기억나는 글자들이 표지에 크게 적혀 있었어요. '청년미래희망프로젝트'라는 곳에서 주관한다는 내용도 함께요. 저로서는 어쩐지 좋은 말만 갖다 붙인 느낌이 들어 미심쩍었지만, 왠지 구경하는 건 나쁘지 않을 것 같다는 생각도 들었습니다. 샷시 취급, 타이어 수리 공장 등이 밀집한 어두운 뒷골목에 위치한 작은 재무컨설팅 회사 설명회에 참석했을 적에도 누가 코 베어 가는 일은 일어나지 않았어요. 게다가 올림픽공원 체조경기장이라니. 설명회 한 번을 위해 그런 엄청난 장소를 대여하는 단체가 어디인지 궁금했습니다.

그날, 그곳에 체류했던 한 시간은 오랜 시간이 흐른 지금도 내게 이상한 기억으로 남아 있어요. 말 그대로 이상한 기억. 엄청난 함성 소리나 눈물을 흘리며 목발을 집어 던지던 사람들의 광기보다, 둘러앉는 객석에서 무대를 내려다보는 구조로 설계된 공간이 불러일으키던 독특한 기운이 기억에 남아요. 무대에서는 그날의 초청 명사인 백발의 외국인이 금빛 망토 같은 걸 두르고 영어로 떠들고 있었고, 누군가 정신없이 호명하면 한 명씩 나가 하나같이 눈물을 흘리며 자기 이야기를 떠들곤 했는데, 그걸 지켜보는 나는 마치 입장료를 지불하고 소싸움이나 마루운동을 구경하는 것 같다는 인상을 받았죠.

한참 구경하다 퍼뜩 정신을 차려 보니 여기는 홈스테이 어학연수 설명회가 아닌 거예요. 사정이 어찌 되었든 잘못 찾아왔으니 나가야 했는데, 객석 중앙에 위치한 비상구로 나가려고 하면 번번이 가로막혔죠. 마치 인터미션이 없는 엄정한 공연처럼. 무전기를 찬 양복쟁이들이 나를 완강하게 가로막았

어요. 나처럼 잘못 알고 온 사람들이 정말 더 없는 걸까, 어느
새 나는 주위를 둘러보며 나 같은 사람을 애타게 찾고 있었
어요. 소책자에 적힌 날짜와 장소를 잘못 본 건 아니었으니
나같이 속아서 온 사람이 분명 더 있을 거라고 생각했죠. 그
런데 아무리 둘러봐도 전부 환호하거나 눈물을 흘리는 사람
들뿐이어서 어느새 두려워졌어요. 내 또래로 보이는 사람들
이 가장 많았거든요. '청년미래희망프로젝트'라는 말이 거짓
이 아닐지도 모른다는 생각이 들었죠. '리처드 드리스콜 목사
한국 대 성회'를 알리는 현수막이 무대 중앙에 걸려 있었지만
말이에요. 정작 바로 옆에 앉은 남자가 어안이 벙벙해 나처럼
주변을 두리번거리며 도망 나갈 기회를 찾고 있었다는 건 알
지 못했어요.

우리는 눈빛으로 서로를 알아봤고, 손을 잡고 함께 뛰어나
왔어요. 마치 감금되어 있기라도 했던 양 우리는 한참을 말없
이 뛰었죠. 5월 중순의 봄 날씨에 뛰다 보니 더워졌어요. 멈춰
서 주변을 보니 초록의 평화로운 공원 한가운데였어요. 우리
는 숨을 고르며 통성명을 하고, 지하철역으로 가서 음료수를
마셨어요.

그날 이후 우리는 오랫동안 만나 오면서 결국 다짐을 했어
요. 언제나 의미 있는 일에만 인원수를 채워 주자고. 가령 정
족수를 채워 주는 일 같은 것. 나라도 없으면 의사 결정이 이

루어지지 않는 곳에서.

　그로부터 지금 과연 얼마나 멀리 온 걸까요. 주한도 나도.

　눈먼 자가 보고, 귀머거리가 듣고, 앉은뱅이가 일어나는 치유의 기적 무수히 일어나, 라는 글자가 밟히던 곳에서. 비유가 아니라 그런 문구가 적힌 전단지가 수없이 깔려 있었어요. 그곳에는.

*

익사한 시신도 깨끗할 수 있다는 걸 정근은 미처 몰랐다. 익사한 시신을 본 적도 없었다. 정근은 오랫동안 막연하게 상상해 왔다. 익사한 시신은 형체를 알아볼 수 없을 정도로 훼손되어 있을 것이라고. 죽음에 관한 상상력이 그토록 빈한했다는 걸 정근은 인정해야 했다. 유나의 시신을 봤을 때 느낀 참담함과 별개로, 그런 당혹감은 실제로 전쟁에 참여해 본 적 없는 군인으로서 느껴 온 모종의 콤플렉스와 비슷했다. 전쟁에 관한 이미지, 죽음에 관한 이미지, 자신은 그것들을 상상하기만 했던 거였다.

유나의 시신은 깨끗했다. 유나는 마치 눈을 감고 잠들어 있는 것 같았다. 눈꺼풀을 꾹 누르면 속눈썹을 파르르 떨고, 볼을 꼬집으면 입을 벌릴 것 같았다. 자신을 닮아 길쭉한 손가락은 단정하게 펴져 있었고, 누드 톤 매니큐어도 손톱에 그대로 발려 있었다. 다만 집게손가락 손톱 끝이 까져 붉은 속살이 조금 보일 뿐이었다. 귓바퀴 옆머리에 실핀이 꽂혀 있었고 귓불 끝에 작은 귀걸이도 붙어 있었다. 정근은 아이들을 만나러 가며 유나의 그런 모습을 덤덤하게 떠올렸다.

철용은 유나의 사범대 동기였다. 큰 덩치에 미키마우스가 그려진 옷 같은 걸 입고 다니기에 껄렁해 보였고 주먹깨나 쓰는 놈처럼 보이기도 했지만, 의외로 여고 영어 교사로 재직 중이라고 했다. 묻지도 않았는데 녀석은 자기 신상을 줄줄 읊었다. 아버님, 저도 학원 강사도 하고 교수 따까리 노릇이나 할 때는 유나 많이 부러워했었어요. 저희 영교과 동기들, 임용 시험 2차에서 떨어지고, 발령 안 나서 한참이나 과외하고 학원 강사하고 그랬었는데 그래도 유나는 진로 변경해서 일찍 정규직으로 취직했으니까요. 영어인데도 이 정도였는데. 공무원 되기도 빡세다고 다들 불평했어요. 하도 방법이 안 나니까 저도 결국 아버지 손 빌었지만요.

얌전히 앉아 커피만 젓고 있던 주한이 철용에게 한마디 했다.

—형, 그렇게 입고 다니면 애들이 안 놀려?

정근은 그 말에 철용의 옷차림을 관찰했다. 철용은 손을 내저으며 아이고 아버님, 그런다고 뭘 또 자세히 보고 그러세요, 너스레를 떨었다. 더워지려면 아직 멀었는데 철용의 소매는 짧았다. 짧은 소매 밑에 드러난 살집이 통통했다. 얇은 반팔 티 어깨 부분에는 인조 가죽 같은 게 덧대어져 있었다. 정근은 그 부분을 가리키며 물었다.

—그 가죽은 뭔가? 추워서?

그 말에 주한이 박장대소했다.

—형, 약간 조폭 같은 게 컨셉이지? 애들이 뒤에서 욕 많

이 하겠다.

정근은 자신에게 말을 걸기는커녕 대답도 제대로 하지 않고 웃기나 하는 주한이 조금 거슬렸다. 숫기 없는 녀석들은 그렇다는 이유로 버릇없는 행동을 하기 일쑤였다. 썩 마음에 드는 녀석은 아니었지만 의문이 생겼다.

그런데 내가 왜 이걸 판단하고 있나.

주한은 유나가 남겨 두고 간 남자 친구였다. 웃고 있다고 해서 나아진 건 아닐 터였다. 철용과 주한은 제법 친해 보였다. 정근이 철용에게 전화를 걸었을 때, 철용은 기다렸다는 듯 아버님을 다시 뵙고 싶었다고, 언제 시간이 되시느냐고 물어 왔고 괜찮다면 유나 남자 친구인 주한을 데리고 나가겠다고 했다. 원하는 바를 말하지도 않았는데 알아서 척척 이야기해 주는 철용이 마음에 들었다. 지숙이 그토록 철용을 아끼고 의지했던 까닭을 단번에 이해할 수 있을 것 같았다.

대학가의 커피숍은 큰 유리창 너머 대학 병원 장례식장이 마주 보이는 곳이었다. 대낮인데도 술집인지 카페인지 구분이 되지 않았다. 커피숍을 가득 메운 학생들은 목청 높여 떠들었고 시도 때도 없이 박장대소했다. 그 와중에 이어폰을 꽂고 공부하는 학생들도 많았다. 세상 모든 대학생을 한곳에 가둬 둔 것 같았다. 하필 여기서 만나야만 했는지, 정근은 궁금했지만 창 너머 장례식장을 보면 이곳만큼 적합한 장소도 없는 것 같은 기분이 들었다.

— 아버님, 여기 시끄럽죠? 그런데 저희에게는 익숙해서요. 유나랑 주한이랑 같이 만날 때는 늘 여기서 만나서. 아버님 모시고 온다는 생각을 미처 못 했어요. 죄송해요.

철용의 말에 주한이 고개를 숙였다. 정근은 몇 번 망설이다 주한에게 말을 걸었다.

— 자네는 무슨 일을 하나?

— 저, 작은 회사 다니고 있습니다.

— 유나랑은 동아리에서 만났다고 들었는데. 무슨 동아리였나.

— 사실 동아리에서 만난 게 아니라, 만나고 나서 같이 동아리를 만들었어요. 만나고 나서 한참 후에요. 만난 건 길에서 우연히 만났고요. 나중에 만든 동아리에 철용이 형도 들어오고, 다른 형이랑 누나들도 들어오고 해서 다 같이 친해졌어요.

철용이 또 끼어들었다.

— 아버님, 잘 모르시겠죠? 유나랑 주한이랑 사부작사부작하면서 이것저것 쓸데없는 거 많이 했어요. 스터디도 하고, 집회도 나가고. 하여간 얘네 때문에 국토대장정까지 했다니까요. 저희 백수일 때.

스터디, 집회, 국토대장정.

심지어 백수라는 단어까지.

정근에게는 모두 생소한 유나 이야기였다. 정근으로서는 뭐라 대답할 말도 딱히 없었다. 정근은 뜨거운 커피 잔을 감싸 쥐며 실없이 지껄였다.

ー아메리카노. 예전에는 미군 애들이나 이렇게 마셨던 것 같은데.

철용은 껄껄 웃으며 정근의 말을 받아쳤다.

ー저도 원래 쓴 커피 안 마셨어요. 언제부턴가 마셨는데 그게 카투사 때부터였는지, 어학연수 때부터였는지 도통 기억이 안 나네요. 하여튼 영어 많이 썼을 때인데.

ー자네가 카투사 출신인가?

ー네, 카투사 간다니까 유나가 너랑 이제 안 논다고 했었어요.

주한은 웃으며 지껄이는 철용의 옆구리를 쿡 찔렀다. 그만해, 형. 왜 이렇게 발랄해. 철용은 입을 삐죽거렸다. 알았어. 정근은 그러는 걸 물끄러미 봤다. 주한이 철용에게 뭔가 속삭였고, 철용은 고개를 끄덕였다. 정근은 말없이 카페를 둘러봤다. 캠퍼스 정문에 면한 카페였다. 100미터만 걸어가면 중앙 도서관이 나온다는데, 왜 도서관을 놔두고 시끄러운 카페에서 책을 읽고 공부를 하는 걸까. 여기저기 이어폰을 끼고 공부하는 아이들을 잠시 관찰했다. 무슨 공부를 그렇게 하는 걸까.

대학생이 된 유나가 공부하는 모습을 본 적이 없었다. 유나가 대학생이 된 후로 거의 만나질 못했으니까.

앞에 앉은 녀석들은 여전히 자기들끼리 떠들고 있었다. 예전 같았으면 누군가 자기 앞에서 속닥이는 꼴을 두고 보지 않았을 정근이었다. 더구나 자식 같은 새파랗게 어린 녀석들이었다. 이 새끼들, 지금 어른 앞에서 뭐 하는 거야? 라고 윽박지르던 자신이었다. 그러나 정근은 이 순간에도 무력할 뿐이었다. 아이들을 만났다. 이제 뭘 어떻게 해야 하는 거지. 정근은 뜨거운 커피를 벌컥벌컥 들이켰다.

—저기, 자네들. 무슨 말이든 괜찮아. 가끔 만나 줄 수 있겠나? 자네들에게도 생업이 있는데.

철용은 한숨을 쉬며 대답했다.

—사실은 아버님께도 드릴 말씀이 있습니다. 유나가 팀에서 가장 친했다는 친구가 있는데 연락이 되지 않아요. 장례식 이후로. 제가 그날 겨우 명함은 받아 냈는데. 도통 전화를 받지 않네요.

철용이 내미는 명함에는 B항공사의 로고가 자수로 박혀 있었다. 잔잔한 금가루가 입혀진 고급스러운 명함이었다. 유나도 같은 명함을 사용했었다. 정근은 명함을 매만졌다. 지문을 채취당하듯 손가락에 가루가 묻어날 것 같았다. 정근은 철용에게 물었다.

―이 친구가 장례식에 왔었나?

―네, 아버님. 팀원 세 명과 사무장, 부사무장이 함께 왔었어요.

정근은 그날 본 여자들을 떠올렸다. 영정의 유나처럼 곱게 쪽진 머리에 연보라색 블라우스를 입은 여자들이었다. 사무장과 부사무장도 검은 양복을 입고 찾아와서 정근과 맞절을 했다. 추측건대 커피색 스타킹을 신고, 정근 앞에서 인상을 찌푸린 채 서 있던 여자인 듯했다. 한참을 망설이다 무리와 동떨어져 혼자 절을 했던 여자였다.

―유나랑은 작년 여름에 한 팀이 되었다는데. 제가 들은 어떤 동료보다도 친하게 지냈어요. 둘이 잘 맞았나 봐요. 호텔에서는 항상 한방을 썼다고 하고, 스케줄이 없을 때도 만나서 영어 스터디를 했어요. 같이 자주 놀러 다녔고요. 유나 SNS에도 같이 찍은 사진이 많습니다.

―이 친구도 힘들 테니까. 아직 자네들 만나기 어려운 거 아닌가?

―저도 그 생각은 했지만 회사 생활에 관해서는 이 친구만큼 아는 사람이 없어서요. 일단 왜 그런 루머가 돌았는지, 그걸 알아내려면 이 친구랑 이야기를 해 봐야 해요. B항공사 윗선 이 개자식들이 하지도 않은 일로 반성문까지 쓰게 했는데.

철용은 정근이 앞에 있다는 걸 잊어버린 듯 주먹으로 테이

블을 내리쳤다. 주한이 형, 하고 나지막한 음성으로 그를 말렸다. 반성문. 정근이 모르는 이야기였다. 순간 머릿속이 새하얘지는 것 같았다. 반성문. 그것도 유나에 관한 이야기였다.

— 저는요, 아버님, 저는. 화환 그거 사무장이랑 팀원들이 해 가지고 온 줄 알고, 그래도 쓸데없는 짓 하셨다고 한마디 하려고 했었어요. 그런데, 것도 아니고.

주한이 철용의 어깨를 감쌌다.

— 아버님 계시잖아. 진정해.

반성문이라는 세 글자, 그리고 주한의 나지막한 음성. 정근은 어떤 불가사의한 운명이 자기를 사로잡고 있다는 느낌을 받았다. 머릿속에 떠오르는 건 옛 방화(邦畫)의 한 장면처럼 조잡한 색채가 뒤섞인 풍경이었다. 천장에 매달린 형광등이 불안하게 깜빡거렸다. 철용이나 주한처럼 젊은 자신이 있고, 철용이나 주한처럼 젊은 부하들이 앞에 서 있다. 마주 본 그들이 서로의 따귀를 때린다. 남는 건 왜 그런 순간뿐인가. 아닙니다, 아닙니다, 그게 아닙니다, 외치던 부하들. 주한은 그들과 같은 말투를 쓰고 있다. 정근은 주한을 배려할 생각도 하지 못하고, 충동에 못 이겨 내내 사무쳤던 말을 내뱉고 말았다.

— 부기장이란 사람은?

*

─새댁이 간호사였다면서요?

새로 온 간병인 여자는 물티슈로 창틀을 문지르며 영훈에게 말을 걸었다. 혜진의 친척이 소개해 준 여자였다. 여자는 말이 많았다. 묻지도 않았는데 얼마 전 유명 대학의 연구원이 된 남편을 따라 미국에 갔다는 자기 딸 이야기를 늘어놓았다. 영훈은 건성으로 대답했다. 영훈의 눈길은 내내 뽀얀 증기를 내뿜는 가습기에 가 있었다. 가만 보니 가습기가 협탁 끝에 불안하게 걸쳐 있었다. 누워 있는 혜진 옆에서 가습기가 떨어지는 소동이라도 일어난다면, 참을 수 없으리라. 물건을 부주의하게 정리한 간병인 여자에게 한마디 하지 않고 배겨 날 수 있을까. 영훈은 가습기를 협탁 가운데로 옮겨 놓았다.

─미국, 얼마나 걸리나?

간병인 여자는 영훈의 얼굴을 흘끔거렸다. 영훈은 대답해 줘야 하나, 생각하다 말했다.

─미국 어딘데요?

─워싱턴이라나, 뉴욕이라나.

─직항인지, 어디 경유해서 가는지 모르겠지만요. 열서너 시간은 넘게 걸리죠. 워싱턴보다는 뉴욕까지 좀 덜 걸리고.

─아니아니, 엘에이랬나. 어디랬나. 근데, 새댁이 아니지. 가

만 생각해 보니까. 옛날 옛적에 결혼했다더만. 애가 없다니까 나도 모르게 새댁이라고 해 버렸네. 젊어 보이고요.

영훈은 대답하지 않고 생수를 따서 벌컥벌컥 들이켰다. 가끔은 정말 간병인을 들여야 하는 건지 의문스러울 때가 있었다. 그러나 간병인들이 하는 만큼 혜진을 돌볼 자신은 죽어도 없었다. 정직 처분을 받고 1년 가까운 시간 동안 혜진의 병실에서 밤낮없이 지내면서, 자신이 직접 간병인 역할을 해야 할 것인가 심각하게 고민할 때도 많았다. 그러나 누워 있는 혜진을 잘못 건드린다면 자신을 용서할 수 없을 것이다. 결국은 이렇게 성가시다 한들 간병인은 중요한 사람이었다. 감사하고 또 감사해야 했다. 그걸 알면서도.

— 미국까지 가는 데, 그렇게 오래 걸린다 그러더만. 운전하는 사람은 안 졸리나.

혜진의 고모라는 아주머니는 초면에 시시콜콜 말이 많았다. 아이고, 왜 애를 아직까지 안 가져. 결혼한 지 20년 다 되어 가잖아. 애가 벌써 대학 갈 나이겠다. 혜진이 의식불명 상태로 누워 있는데도 그런 말이나 지껄이는 무례한 인간이었다. 간병인 여자에게도 자신이 알고 있는 그들 부부의 이야기를 미주알고주알 전달한 게 분명했다. 운전하는 사람은 안 졸리나, 하면서 떠보듯 흘끔 보는데 기분이 나빴다. 영훈은 결국, 잘 부탁드립니다, 하고 병실을 나섰다.

가끔은 가습기가 내뿜는 증기가 마치 생물처럼 여겨질 때가 있었다. 가만히 관찰하노라면 그것은 구체적인 형태를 갖춰 허공에서 춤을 추듯 빠르게 움직였다. 영훈은 거기다 멋대로 색깔을 입혀 이런저런 상상을 했다. 빨간색, 주황색, 노란색, 무지갯빛 해면체 환상…… 영훈은 오래전 혜진과 함께 본 어떤 영화의 한 장면이 이토록 사무치게 기억날 줄은 몰랐다.

짝사랑하는 여자가 의식불명에 빠지자, 그녀를 직접 간병하려고 간호사로 취업한 남자. 하늘색 간호사복을 입은 남자는 매일같이 여자의 몸을 닦아 주고, 이런저런 이야기를 들려준다. 혜진은 영훈의 어깨에 기대 옥수수 알갱이를 집어 먹으며 에이, 저건 말도 안 돼, 말도 안 돼, 연신 중얼거렸다. 저 여자 불쌍하다. 정말. 어느 날, 코마 상태의 여자는 돌연 임신을 한다. 그녀는 임신에 빠진다. 의식불명에 빠지듯. 남자가 병실에서 여자를 강간하는 장면은 등장하지 않는다. 영화 중간에 삽입된 기묘한 색채의 그래픽이 그런 일이 벌어지고 있다는 걸 언뜻 암시할 뿐.

— 그런데 여보. 그게 사랑일까.

혜진은 그날 밤 뒤척이며 말했다. 목소리에 졸음이 잔뜩 묻어 있었다. 영훈은 그 말에 대답하기 위해 한참 생각했다. 생각을 정리한 후 곁에 누운 혜진을 돌아보자 그녀는 이미 잠들어 있었다. 영훈은 잠든 혜진에게 대답했다.

—그건 강간이지. 착란이거나.

혜진은 낮게 코를 골기 시작했다. 아주 오랫동안 영훈은 혜진이 그르렁대며 코 고는 소리를 들어야만 안심하고 잠에 들 수 있었다. 집이 아닌 곳에서 수없는 밤을 맞았지만 단 한 번도 편히 잠든 적 없었다. 영훈에게 잠은 오직 혜진 곁에서, 혜진의 코 고는 소리를 들어야만 이루어지는 것이었다. 처음 자신의 곁에서 잠이 깬 스무 살의 혜진은 시끄럽게 해서 미안하다며, 어떻게든 코골이를 고치겠다며 부끄러워했었다. 정작 영훈은 혜진의 코골이를 시끄럽다고 여겨 본 적이 맹세코 단 한 번도 없었다.

혜진은 지금 어떤 소리도 내지 않는다.

영훈은 결국 심란해져 흡연 구역으로 나갔다. 봄이 오래 지나가고 있었다. 봄이면 가장 시끄러운 캠퍼스의 무질서함도 여전했다. 중간고사 기간에야 잠시 주춤했지만, 시험이 끝나면 더욱 시끄러웠다. 영훈은 어서 학생들에게 방학이 오기를 바랐다.

여보. 난 여기서 몇 번이나 상상해 봤어. 의식이 없는 당신과 내가 관계를 나누는 모습. 그 영화에서처럼. 왠지 우리에게도 아이가 생길 것 같았거든. 그렇지만 그건 강간이니까. 강간이거나 착란이겠지.

여보. 그 아이가 죽었어.

유나가 죽었어.

영훈은 마른세수를 했다. 유나의 마지막 모습이 또렷하게 기억났다. 건강한 혜진의 모습만큼이나. 영훈은 빈 담배를 문 채 갑자기 어찌할 줄 몰랐다. 몸이 떨렸다. 민소매에 카디건을 걸친 여학생이 영훈의 앞을 지나쳤다. 영훈은 샌들을 신은 여학생의 복사뼈에 시선을 고정했다. 가슴이 답답해 견딜 수가 없었다. 유나가 죽었다는 소식을 들은 후 처음 있는 일이었다. 윗니와 아랫니가 쉴 새 없이 부딪혔다. 왜 나에게 이런 가혹한 일이 생기는 거지, 새벽마다 혜진이 붙들고 기도하던 성모 상을 부수어 버리고 싶었던 그때와 같은 심정이었다. 늘 아픈 사람을 돌보는 일에만 전념하던 혜진의 육체는 왜 그토록 번번이 무너지고야 마는지, 신이 있다면 붙들고 따지고 싶었다.

—아저씨, 내가 도와줄게요.

그런 말을 한 지 채 1년도 지나지 않아 유나는 영훈 앞에서 무릎을 꿇고 서럽게 울었다. 이제 안 될 것 같아요. 아저씨. 못 견디겠어요. 유나의 울음소리가 영훈의 귀를 무겁게 때렸다. 너무 늦게 왔다. 이 충격이. 영훈은 언젠가 반드시 뒤집어써야 했을 고통이 비로소 찾아왔다는 걸 인정하면서도 견디기가 어려웠다. 영훈은 기도하듯 마음속으로 혜진에게 말을 걸었다. 여보. 도와줘. 이겨 낼 수 있도록.

*

　―우리 아빠가 주한이 널 만나면, 싫어할걸.

　출발 지점에서부터 약 5.9킬로미터를 걷고 처음 앉아 쉴 때였다. 유나는 그때 처음 아빠 이야기를 했다. 7월 중순의 무더운 날씨였다. 목에 손수건을 두른 유나는 손등으로 이마의 땀을 닦았다. 주한은 아이스크림을 까서 유나의 입에 물려 주었다. 유나는 아이스크림을 단숨에 빨아 먹고 비닐까지 쭉쭉 빨았다. 주한은 유나가 빨고 있는 비닐을 빼앗았다.

　―야, 진짜라구. 우리 아빠 전라도 사람 싫어해.

　―누나 아버지 고향은 어딘데?

　―전라도.

　둘은 마주 보며 낄낄거렸다.

　―그런데 언제 만나?

　―뭘?

　―누나네 아버지.

　유나의 표정이 삽시간에 어두워졌다는 걸 주한은 기억했다. 그 후로도 유나는 심심할 때면 우리 아빠가 너 싫어해, 하고 지껄이곤 했다. 아빠 이야기를 자주 했다. 우리 아빠 군인이었잖아. 것도 간첩 잡는 부대 장교. 너 때릴지도 몰라. 주한은 유나의 머리카락을 잡아당겼다. 이마 한가운데를 쥐어박기도 했다. 왜, 약오르냐? 유나는 혀를 내밀었다. 가끔은 정말 약이 올랐다. 하지 마, 그만해, 유나가 장난칠 때면 정말 약이 올라 울컥하며 토라질 때도 있었다. 아주 가끔이었지만 아버지 생각도 났다.

주한의 아버지는 서울 가면 고향 말투를 버려야 한다고 누차 강조했다. 오랜만에 만난 고향 친구들은 능숙한 서울말을 썼다. 특히 스무 살에 서울에 온 여자아이들은 고향 말투 따위는 아예 잊어버리기라도 한 듯했다. 주한 자신은 굳이 말투를 바꿔야 한다고 생각하지도 않았지만 쉬이 바뀌지도 않았다. 안녕하세요, 같은 짤막한 말을 해도 대번 자신의 출신지를 알아채는 타지 사람들이 처음에는 거북스러웠고, 나중에는 아무렇지 않았다. 아버지 걱정대로 차별받은 적은 한 번도 없었다. 아버지, 시대가 바뀌었어요. 이제 안 그래요, 사람들. 웃으며 말하긴 했지만 아버지의 기우를 이해 못 하는 바는 아니었다.

유나 아버지, 이렇게 처음 만나 뵙게 되네요.

장례식 첫날 주한은 겨우 한숨 돌리고 담배를 피우며 생각했다. 엉뚱하게도 머릿속엔 검은 치마저고리 상복을 입은 유나가 그려졌다. 앞머리에 흰 리본을 찔러 넣은 유나가 웃고 까부는 모습이었다. 아버지가 돌아가시고, 유나가 상주를 해야죠. 주한은 마음속으로 그런 말을 뇌까리는 자신에게 놀랐다. 누나, 미안해. 주한은 곧바로 사과했다. 언제나 그랬듯.

주한은 지금 몇 번이나 유나에게 사과하고 있다. 떠오르는 생각들을 반성하고 철회하면서. 왜 누나 아버지는 이제야 누나를 찾고 있지. 미안해, 누나. 왜 누나 아버지는 이제야 누나를 궁금해해? 누나, 미안해. 그런데 말야. 그래도. 누나 아버지가 이럴 자격 있어?

미안해. 정말.

주한에게는 아직도 아빠 이야기를 하며 울던 유나가 생생했다. 아빠는 충분히 많은 시간이 흘렀다고 생각하고 있어. 하지만 나에게는 여전한걸. 그 이전으로 돌아갈 수는 없어. 목표 지점인 철새 도래지 근처에서 숙박을 할 때 유나는 말했다. 출발 지점으로부터 60킬로미터를 걸어오는 동안 유나는 쉴 때마다 아빠 이야기를 꺼냈다. 애초부터 그러기로 마음먹은 사람처럼. 한 번은 철용도 그들 곁에서 함께 이야기를 들었다. 철용은 유나에게 초콜릿을 물려 주며 너 당 떨어져서 자꾸 아빠 생각나는 거야, 이거나 먹어, 지껄이다 등짝을 얻어맞았다. 철용은 기억할까. 잊었을까. 벌써 5년 전 일이었다. 그들은 하염없이 걸었다. 아스팔트를 내처 걷다 보면 눈앞에 아지랑이가 피어올랐고 그대로 주저앉아 쉬기도 하면서 계속 갔다. 출발 지점과 목표 지점이 명확했던 처음이자 마지막인 도보순례였다.

유나가 그토록 원망하던 유나 아버지가 그들 눈앞에 있었다. 오랫동안 주한이 상상한 유나 아버지의 이미지는 파란 공군 제복을 입었거나, 전투복을 입고 모래주머니를 찬 우락부락한 군인의 모습으로, 병사들에게 얼차려를 시키거나 함부로 정강이를 걷어차는 괴물이었다. 그런가 하면 밥상머리에서 유나의 따귀를 때리는 괴물의 이미지이기도 했다. 지금 주한의 눈앞에 있는 유나 아버지는 목이 늘어난 면 티에 낡은 항공 점퍼를 입은 노인네일 뿐이었다. 미군 애들이나 마셨던 것 같은데, 따위 말을 하지만 익히 아는 대로 불명예 제대한 옛날 군인, 그냥 아저씨였다. 형, 기억 안 나? 유나 아버지잖아. 언제나처럼 웃고 떠들다 분노하는 철용에게 묻고 싶었다.

주한은 오래전 유나를 처음 만난 날을 떠올렸다. 체조경기장에서 도망쳐 나와 한참을 같이 뛰면서 주한은 이렇게 발이 느린 여자가 참 열심히도 뛴다, 고 생각했다. 유나 입장에서야 최선을 다해 뛰는 거였겠지만 너무 느려서 걷느니만 못하다고 여겨졌다. 거기서 돌아섰다면, 영영 유나를 모를 수도 있었다. 그러나 주한은 돌아서지 않았고, 유나의 느린 뜀박질에 맞춰 함께 느리게 뛰었다. 유나가 멈췄을 때 비로소 주한은 멈췄다. 유나가 숨을 고를 때 같이 숨을 골랐고 유나가 대뜸 자기 이름을 말해서 주한도 그렇게 했다.

—아, 이 멍청한 새끼. 전 친구에게 완전 속았어요. 멍청한

놈이 일부러 그런 건 아니었겠지만. 난 어학연수 설명회라 그래서 왔다고요.

유나는 슬러시를 휘휘 저으며 말했다.

—주한 씨는요? 이런 데 왜 왔어요? 설마 교인이에요?

주한은 기가 막혀 웃음을 터뜨렸다.

—아니, 교인이면 안 돼요?

—교인도 교인 나름이죠. 저기 있는 교인들은 뭔가 반미치광이 같잖아요.

—저도 어학연수 설명회라 그래서 왔어요.

—하긴 그렇죠? 그럴 것 같았어요.

—고마워요. 좋게 봐 줘서.

—뭐 딱히 그런 건 아닌데. 아, 담배까지 선물해 줬는데. 평생 도움이 안 되는 친구예요.

—어디 친구인데요? 학교 친구?

—네, 같은 과 친구요. 어디 내놔도 부끄러운 제 동기예요.

—대학생이세요? 전 재수해요.

—아 진짜? 자취하면서 재수하려면 진짜 힘들겠네요. 정신력이 강해야 되겠네.

—저 자취하는 거 어떻게 알았어요?

—서울 사람 아니잖아요. 말투가. 전라도 사람이구만.

—맞아요. 어떻게 알았어요?

— 말투 보고 알았다구요. 자취하려면 힘들죠? 근데 전라
도 어디예요?

— 광주요.

— 아, 맛집 많은 광주. 놀러 가고 싶어요.

— 그런가요?

— 광주가 맛집 많기로 유명하잖아요? 한 번도 안 가 봤어
요. 꼭 가 보고 싶은데.

— 광주 볼 거 없어요. 정말로 하나도 없어요.

— 왜요. 난 꼭 보고 싶은 데가 많은데.

— 어디?

— 거기, 옛날 전남도청 앞에 있다는 회화나무.

— 회화나무? 아무튼 그 앞 나무는 지금 시름시름 앓고 있
어요.

— 그리고 묘지도 있잖아요. 망월동에.

— 아, 그게 무슨 관광지예요.

— 그래도 오랫동안 가 보고 싶었다구요. 망월동 묘지.

— 그거 말고 없어요. 광주에 가 볼 데라고는.

— 그래도 망월동 묘지가 있잖아요. 거기 가는 버스가 419
번이랬나, 518번이랬나.

— 그게 뭐예요. 광주가 묘지도 아니고.

그때 유나의 얼굴이 붉어졌다. 주한은 도리어 무안해져 하

늘을 봤다. 구름이 모양을 바꾸며 빠르게 흘러가고 있었다. 유나는 빈 슬러시 컵에 꽂힌 빨대를 쭉쭉 빨아 댔다. 주한은 자기도 모르게 유나가 빨고 있는 빨대를 빼앗아 버렸다. 유나가 토끼 눈을 떴다.

여긴 원래 꽃이 많았대. 유채꽃 같은 게 잔뜩 핀 동화 같은 데였나 봐.

그들이 처음 도착한 낙동강 둔치에서 유나는 쓸쓸하게 말했었다.

＊

아이들을 만나고 온 날 정근은 지독한 악몽에 시달렸다. 오산 공군기지에 살던 시절 교복을 입은 유나가 미군의 자전거 뒤에 앉아 절벽으로 달려갔고, 갑자기 부사관 제복을 입은 유나가 무릎을 꿇고 앉아 엉엉 울며 빌고 있었다. 정근은 유나가 옛날에 입었던 교복의 모양새를 떠올려 보려 애썼다. 저런 건 아니었던 것 같다. 분명 빨간 체크무늬 치마에 남색 리본을 매는 교복이었는데. 꿈속에서 유나는 은행원 같은 진녹색 상하의 교복을 입고 있었다. 그러므로 그냥 꿈일 뿐이다. 정근은 애써 생각했다. 무릎 꿇은 유나가 입은 부사관 제

복은 익히 아는 남색 투피스였으나, 유나가 군인이 되었을 리
는 없으므로, 이건 꿈일 뿐이었다. 그러나 교복 입은 유나는
옛날처럼 입꼬리에서 똑 떨어지는 단발머리를 하고 있고, 당
시 유행했던 백팩을 메고 있다. 가방에 덜렁덜렁 달린 스마일
인형. 그건 유나 물건이 맞다. 부사관 제복을 입은 유나는 영
정사진 그대로 머리카락을 단정하게 틀어 올렸고 무엇보다
울고 있었다. 잊어지지 않는 모습으로.

잠에서 깨고 난 후에도 한참 동안 정근은 꿈속의 이미지
들에 사로잡혀 있었다. 대체 반성문이 뭐란 말이며, 왜 그런
걸 강제로 써야 했다는 건지 알 수 없었다. 알아내야만 했다.
빛 들지 않는 방으로. 직장으로 갈게요. 유나가 그토록 궁지
에 몰린 까닭은 반드시 B항공사에 있다고 철용은 단언했다.
때문에 자신은 여전히 유나의 죽음을 자살로 여기지 않으며,
어떻게든 문제화하겠다고 철용은 주장했다.

혼자 산 지 10년이 넘었지만 새벽녘 갑자기 깨어나 바라보
는 집 안의 풍경에는 여전히 적응할 수 없었다. 비키니 옷장
이나 앉은뱅이 식탁 같은 물건 말고는 집 안에 가구랄 것도
없었다. 관사에 살던 시절 내내 지숙은 어쩌나 인테리어에 공
을 들였는지, 이례적으로 여성 잡지에 예쁜 집으로 소개되기
도 했다. 당시 중학생이던 유나와 지숙, 정근의 가족사진이 작
게 잡지에 실렸다. 자신은 제복을 갖춰 입고 있었다. 지숙이

자신을 떠났을 때 비로소 모든 것을 잃었음을 정근은 절감했다. 서류상으로는 부부였지만 이미 유나가 고등학교를 졸업하던 해 완전히 헤어진 것이었다.

당연히 정근은 더 이상 잃을 것이 없다고 생각하고 살아왔다. 일찍이 가졌던 취미들은 아무것도 유지할 수 없어 새로운 취미를 만들어야 했다. 새로운 취미는 돈이 들지 않아야 했고 돈이 들지 않는 취미란 찾기 어려운 것이었다. 전역 후 곧바로 시작한 경비 일은 드는 품에 비해 보수가 넉넉했으나 그 돈으로 즐기며 살 수는 없는 노릇이었다. 정근은 하루하루를 죽이며, 거의 살해하며 살아가고 있었다. 가끔 유나에게 문자를 보냈지만 하루가 꼬박 지나야 겨우 답장이 왔다. 만나자는 말은 꺼내 보지도 못했고 그런 자신의 처지가 원망스러웠으며 딸이라고 하나 있는 게 그 모양이라 꼴 보기 싫어 연락도 그만둔 지 오래였다. 유나의 미니홈피, SNS, 메신저 프로필 등을 통해 근황을 추측해 보며 열심히 잘 살고 있구나 위안했다. 유나까지 잃어버릴 수 있으리라고는 생각지 못했다. 유나는 다른 애들처럼 길을 잃거나 부모 손을 놓쳐 본 적도 없는 아이였다.

대체 무슨 반성문을 썼니. 유부남 부기장은 대체 누구란 말이냐.

정근은 일어나 불을 켰다. 식탁에 놓아둔 자리끼를 챙겼다.

식탁에 언제 생겼는지도 모를 얼룩이 군데군데 져 있었다. 물 티슈로 대충 닦으며 정근은 인상을 찌푸렸다. 담배를 물었다. 침대 맡에서 담배를 피우기란 지숙과 함께 살던 시절에는 무척 어려운 일이었다. 특히 유나가 유치원에 다닐 적 실수로 제 손등을 지져 놓고 난 후에는 더욱 그랬다. 유나는 중학생 때까지 담배를 피우는 아비를 발견하기만 하면 코를 틀어쥐고 눈살을 찌푸렸다. 발을 탕탕 구르며 방에 들어가는 걸 잡아다가 아빠한테 눈 똑바로 못 떠? 윽박지른 적도 많았다. 그때마다 유나는 다 아빠 건강 생각해서죠, 새침하게 쏘아붙였다. 그마저도 대화를 나누던 시절의 일이었다.

정근은 철용과 주한에게 맞담배를 권했고, 녀석들은 부끄러워하며 정근 앞에서 담배를 피웠다. 정근은 그 모습을 보다 물었다. 자네들 다 담배 피우는데, 유나가 싫어하지 않았어? 철용이 박수를 치며 웃어 댔다. 아버님, 유나가 저희보다 더 많이 피웠어요. 유나가 담배 너무 많이 피워서 저희 친구들 다 힘들어했다니까요. 아무 데서나 피워서 특히. 그러자 주한은 말 없는 중에도 입꼬리를 올리며 씩 웃었다. 정근도 웃고 말았다.

— 아버님, 아니에요.

철용은 눈물이 나는지 먼 데를 쳐다보려 애썼다.

— 아버님, 정말 아니에요. 그 유부남 부기장. 그냥 노조 사

람이었대요. 유나가 떠나기 며칠 전에 저희한테 다 털어놓았
어요. 조종사 노조 간부였다고. 유나는 승무원 노조가 없어
서 조종사 노조를 부러워했어요. 말도 안 되는 이유로 정직
처분당해서 1년째 출근 못 하고 있었대요. 유부남 부기장. 부
인은 2년째 코마 상태라 병원에 있는 사람이고요. 어떻게 그
런 사람이랑 엮여서 스캔들을 낼 수 있는지. 제가 이 개자식
들이 얼마나 개자식들인지 다 밝혀낼 거예요.

정근은 말없이 담배를 피웠다. 조종사 노조 간부라는 새로
운 정보가 정근의 머리를 또 아프게 했다. B항공사 기장들 중
에는 정근의 사관학교 후배가 아직도 많았다. 이미 오래전 연
락이 끊긴 사람들이었고 자신으로서는 유나와 관련해 도움
을 청할 명분도 없었다. 그러나 일이 이렇게 된 마당에 시도라
도 해 봐야 했다. 정근으로서는 일단 문제의 부기장을 만나봐
야겠다는 생각이 들었다. 정근은 아이들에게 다짐했다.

— 저기. 일단 내가 아는 기장이 있으니 연락을 좀 취해 보
겠네. 너무 흥분하지 말고 기다려 줘.

*

잠깐 숨 고를 틈이 생겨 창밖 활주로를 바라볼 때면 오래전 처음 비행기를 타 본 날이 떠오릅니다. 이 대령 아저씨네 딸 지은이랑 같이 일본 갈 때였죠. 떠나기 전날 엄마랑 아줌마는 우리의 짐을 같이 체크하며 주의를 주었어요. 이런 데 가면 손버릇 나쁜 애들 꼭 있어. 너희들이 알아서 조심해야 해. 아줌마가 무섭게 말했습니다. 초등학교 5학년 때였어요. 왠지 그런 애들이란 게 나를 말하는 것 같아 까닭 없이 주눅들었어요. 지은이는 아무렇지 않아 보였는데. 나는 다른 사람 물건에 손대 본 적도 없는데 그랬습니다.

유나는 비행기 타 봤니? 지난번에 제주도 갈 때 비행기 타고 갔나? 아줌마가 물었고 나는 대답했어요. 아뇨, 그땐 헬기 타고 갔어요. 엄마랑 아줌마랑 깔깔 웃었죠. 헬기는 타 봤어도 비행기는 처음이네. 1시간 10분 정도밖에 안 걸려. 긴장하지 마. 그때 비행기를 처음 타 본 나는 김포에서 후쿠오카를 가는 짧은 비행시간 동안에도 멀미를 심하게 했어요. 착륙할때 바람이 심하게 불었는지 기체가 몹시 흔들렸는데 너무 무서웠어요. 그땐 좁디좁은 이코노미 통로 좌석에서 배낭을 끌어안고 앉아 내가 탄 것이 날 것이라는 사실을 실감하기도 어려웠는데. 훨씬 작고 밖이 훤히 내다보이는 헬리콥터를 탈 때

보다 훨씬 무서웠죠.

훗날 돌이켜 봤을 때 헬기가 비행기보다 무섭지 않았던 이유는 그저 아빠가 있었기 때문이었어요. 헬기를 운전한 아저씨도 아빠의 부하였죠. 살아오며 어떤 아저씨는 아빠에게 반말을 하고 어떤 아저씨는 아빠에게 존댓말을 한다는 사실이 그다지 이상한 적 없었어요. 날이 갈수록 아빠에게 존댓말을 하는 사람이 더욱 많아지고, 아빠에게 반말을 하는 아저씨를 찾아보기가 힘들다는 건 조금 이상했지만요. 나에게는 전부 아저씨들일 뿐인데 아빠와 아저씨들 사이는 너무나도 복잡하고 다양했어요. 헬기 아저씨는 아빠와 친한 부하였고, 헬기 아저씨의 부인은 엄마와 친한 젊은 아줌마였어요. 제주 여행 중에도 내내 아저씨가 렌트카를 운전했죠. 그때 나는 조금 기분이 나빴던 것 같아요. 아저씨는 헬기 조종사니까 헬기를 몰고 간 건 당연했다고 쳐도 왜 자동차까지 운전하는 건지. 아저씨의 운전에 우리의 운명을 전부 맡기고 있는 것 같아서요. 아저씨 옆에 앉은 아빠가 무능력해 보여서요. 한 번쯤은 아빠가 운전해도 되는 거 아닌가. 어린 나에게는 운전을 도맡아 하는 아저씨가 여행의 총책임자이며 무한한 능력자로만 보였습니다.

그때 처음 비행기를 타고 도착한 후쿠오카 공항에서 기타큐슈라는 곳으로 이동했습니다. 우리는 어린이 우주과학 캠프에 참여하러 간 거였으니까요. 우리는 기타큐슈 스페이스 캠프의 작은 기숙사에서 지내며 3일 동안 우주에 관한 강의를 듣거나 영화나 전시를 보고 모형 우주선을 조립했어요. 내가 가장 좋아한 시간은 무중력 체험 시간이었습니다. 천장에 설치된 레일과 로프로 연결된 기구에 몸을 묶어 한 발 한 발 내딛어 보는 거였습니다. 그러면 바닥에서부터 1미터 정도 몸이 뜬 채 공중에서 걷게 되는데, 이걸 무중력 체험이라 불렀죠.

처음에 다른 아이들이 하는 걸 보고 무서워서 나는 안 하겠다고 했어요. 나는 줄넘기를 한 발도 넘지 못하고 뜀틀이나 평균대에서도 넘어지고 낙오하는 심각한 체육 부진아였기 때문에 조금이라도 몸을 쓸 기미가 보이면 겁부터 먹었죠. 다이죠부. 다이죠부다요. 친절한 인솔 아저씨가 계속 말해 줬어요. 당시 나는 무슨 말인지 몰랐지만 같은 조에 있던 중학생 언니가 해석해 줬죠. 유나야, 괜찮대. 하나도 안 무서워. 아저씨는 친절한 말투와 다르게 내 몸을 로프로 너무 세게 묶어서 정말로 무서웠지만요. 나는 눈을 질끈 감고 앞으로 나아갔고 지은이 그 모습을 자동카메라로 찍어 줬어요. 사진 속 나는 괴물이라도 본 듯 눈을 질끈 감고 있어요. 정작 발을 내딛고 무사히 코스를 돌자 너무 재미있어서 몇 번이나 다시 하게 해 달라고 졸랐지만요. 이게 무중력이란 겁니다. 땅에 묶여 살아가야 하는 인간의 운명을 잠깐 벗어나는 시간이죠. 뚱뚱하고 안경을 쓴 한국인 인솔 아저씨가 말했습니다. 그 말이 너무 멋져 모형 우주선을 조립하는 시간에도 계속 생각이 났어요. 작은 조각이 모여 멋진 우주선이 되듯 노력하고 또 노력하면 원래 알던 못난 내가 아닌 새로운 내가 될 수 있지 않을까? 어렴풋이 생각했던 것 같아요. 평균대에서도 두 발짝만 떼면 비틀거리면서 넘어지던 내가 로프에 몸을 맡긴 채 공중을 걷다니. 나를 이긴 것 같아 흥분되었어요. 나는 스페이스 캠프에 딸린 놀이공원에서도 45미터 높이에서 툭 떨어지는 무중력 체험 기구만 세 번을 탔어요. 회전목마를 타면서도 무서워했던 내가 말이에요. 몇 년 후 잠실에 87미터 높이에서 떨어지는 자이로드롭이 생겼을 때도 시험공부를 제치고 가서 탔습니다. 생각보다 너무 높은 곳에서 떨어지는 바람에 몇 번을 반복해서 타지는 못했지만 역시 무중력 체험 놀이기구였으니까요. 롤러코스터나 바이킹은 시도조차 못 하는 내가 유일하게 즐기는 놀이기구가 되었죠. 장시간 비행하면서 무중력 상태의 인간을 너무나도 생생하게 떠올리는 건 우연이 아닐 거예요. 그때부터 나는 무중력이라는 말을 좋아했으니까요.

무슨 운명인 것처럼 말하고 있죠, 아빠.

하지만 진짜 운명은 이런 거죠.

후쿠오카에서 돌아오던 날, 오후 5시 김포공항에는 지은 엄마가 기다리고 있었어요. 아줌마는 내게 엄마가 마중 못 나와서 미안하다고 전해 달래, 하고 지은이 배낭을 받아 들었어요. 아줌마를 따라 갔기에 당연히 아줌마 차를 타고 갈 거라고 생각했는데, 우리 차였어요. 엄마 차 말이에요. 흰색 포텐샤. 운전석에는 처음 보는 아저씨가 있었어요. 아저씨가 차 안에서 우리 일행을 발견하고 차문을 열고 나왔어요. 아줌마가 말했어요. 참, 유나는 새로 온 아저씨 처음 봤지? 유나 여행 간 동안 아저씨 오셨어. 인사해. 나는 고작 3박 4일 동안 집을 비웠는데 아저씨가 바뀌다니요. 엄밀히 말하면 바뀐 건 아니고, 그저 새로 왔을 뿐이지만요. 그 전 아저씨가 전역하며 내게 태엽 인형을 사 주고 떠났죠. 태엽을 감으면 고개를 까닥거리는 인형이 별로 마음에 들지 않았어요. 흘러나오는 멜로디도 내가 좋아하는 스타일이 아니라서, 서랍에 넣어 버렸죠. 어쨌든 그 전 아저씨가 떠났다는 걸 알고 있었지만 엄마, 아빠도 없이 낯선 곳에서 아저씨랑 처음 만나게 되니 기분이 이상했어요. 네가 유나구나, 하며 웃던 젊은 아저씨. 흰색 피케 셔츠에 청바지를 입은 젊은 아저씨였어요. 그때도 몰랐고 얼마 전까지도 몰랐죠. 아저씨가 얼마나 젊었는지, 그때. 옛날에는 처음 만났을 때나 헤어졌을 때나 아저씨는 젊었으니까요.

그로부터 20년 가까이 지나 B항공에서 만난 아저씨는 그때처럼 젊지 않았어요. 너무 많이 늙었는데 옛날 얼굴 그대로여서 이상했어요. 회사는 적자, 회장만 흑자, 회사는 답하라,

피켓을 든 아저씨는 제복을 입고 있었죠. 검은색 조종사 제복이요. 소매에 세 줄을 보고 부기장이라는 걸 알았어요. 나는 아저씨에게 다가갔어요. 과거의 나에게 다가가듯. 로프에 몸이 감긴 채 눈을 질끈 감은 어린이였던 시절로 걸어가고 있었어요.

아저씨와 나는 B항공의 직원이 되어 다시 만났어요. 아빠, 이런 게 운명 아닐까요? 아저씨는 운전병이었고 나는 그가 옛날에 모시던 영감님 딸이었어요. 그런데 20년 후 같은 회사 직원이 되어 재회했죠. 그때나 지금이나 나는 군인으로서의 아빠의 일을 몰라요. 그런데 아저씨가 하는 일이 뭔지는 예나 지금이나 잘 알고 있죠.

*

아이들을 속인 것 같은 기분이 들어 찜찜했다. 정근의 입장에서는, B항공사에 아는 기장이 있다고 둘러대긴 했지만 사실 없다고 봐도 무방했다. 그들은 옛 후배들일 뿐이었다. 생판 남이었다. 그들 중 누구에게 연락을 타진한단 말인가. 그때의 일은 정근은 물론 그들에게도 치욕이나 마찬가지였다. 정근이 연루된 당시 사건은 군 내부뿐만 아니라 세상에도 널리 알려졌다. 정근이 잘못을 저질러서가 아니라, 잘못을 저지른 듯한 이미지로 비춰졌기에 공군의 명예는 실추되었고 그 책임을 물어야 했다. 하필 미군이 사고를 친 해였고 인터넷 커뮤니티에서 광기에 빠진 듯 군을 마녀사냥하던 시절이었다. 자신도 피해자였다. 그러나 그 사건 자체가 공군의 치욕이 되었다는 것은 부정할 수 없는 사실이었다.

정근의 연락을 껄끄러워하지 않을 후배가 얼마나 남아 있을까. 위관급 장교를 마지막으로 일찍 민항사에 진출한 후배들이라면 그 사건을 모를 수도 있다. 아무리 떠들썩했다고 해도 10년이 훌쩍 넘은 옛일이었고 뉴스를 보지 않는 사람들도 많았다. 이름과 얼굴이 가려졌어도 알 사람들은 다 알았지만, 어쨌든 옛일이었다. 정근은 사관학교 출신 기장들 중 가장 이르게 전역한 자를 찾아 연락해 보기로 마음먹었다.

머리가 지끈거렸다.

부기장이란 자, 조종사 노조 간부라고 했다. 아이들 말에 따르면 그가 유부남이라는 사실은 그다지 중요한 정보가 아니었지만 여전히 마음에 걸렸다. 왜 하필 노조 간부에다 유부남이기까지 한 자와 어울렸단 말인가. 그와 친하게 지내야할 까닭이 대체 뭐였나. 직무와 관련해 조종사 노조에 도움을 청할 만큼 절박했었나. 혹여 그럴 만큼 객실승무원의 월급이 부족했나. 유나는 어떻게 살았기에. 정근은 떠오르는 생각들을 메모했다. 조종사 노조. 간부. 직무. 객실승무원 월 급여, 아니 연봉. 글자들이 뒤엉켰다. 연봉 협상을 어떻게 했는지에 대해 자신은 아는 바가 없었다.

혹여 월급이 부족해 생활하는 데 어려웠나, 라는 생각이 들자 당황스러웠다. 정근은 지숙에게 생활비를 부쳐 주고 있었다. 정근이 생각하기에는 그 돈만으로도 결코 생활하는 데 부족함이 없었다. 다른 자식이 있는 것도 아니고 부양할 부모가 남아 있는 것도 아닌데 유나와 지숙 단둘이 살면서 생활이 어려웠다는 걸 내가 어떻게 받아들여야 하나. 정근의 생각은 이미 그곳에 미쳤다. 생각은 자꾸 그쪽으로만 향해 갔다. 노조 간부와 어울려야 하는 사정이 있다면, 승무원 노조를 원할 만한 사정이 있다면 그런 거 아닌가. 노조는 그런 자들이므로. 자신으로서는 최선을 다해 이해하려는 것이었다.

지숙은 부잣집 딸이었다. 애초에 자신과는 태생이 달랐다. 그녀의 부친은 파주와 벽제, 고양 일대에 토지와 공장을 소유한 알부자였다. 그 일대의 땅값이 오르기도 전에 그녀의 큰오빠가 전부 결딴내 버리고 말았지만, 어린 시절에는 만석꾼 딸만큼 누리며 살았다고 했다. 그녀가 유년 시절을 회고할 때면 흘러나오는 단어들이 정근에게는 이상했다. 누구와도 나눠 쓰지 않았다던 공부방, 침실, 자전거, 스케이트, 피아노 같은 것들. 1등 상품으로 연필과 지우개, 공책을 받기 위해서 기를 쓰고 100미터, 500미터를 달렸던 자신으로서는 알 수 없는 세상이었다. 퇴근한 아버지와 함께 피아노를 친다, 아버지와 극장에 영화를 보러 간다, 그녀가 이야기하는 아버지란 그런 거였다. 징용 끌려갔다 돌아와서 미치광이처럼 살던 자기 아버지와는 비교도 할 수 없었다. 미친놈으로 동네방네 떠돌면서 왜 때 되면 집구석에 들어와 애새끼들을 만들었는지 도통 이해할 수 없었다. 자신이 아버지가 된 후에도. 그가 틈틈이 자신의 존재를 알리듯 만들어 놓은 일곱의 자식들은 뿔뿔이 흩어졌다. 그중 어디서 뭘 하고 사는지도 몰랐던 막내 녀석은 입관한 후부터 잊어버릴 만하면 찾아와 돈을 내놓으라고 윽박질렀다. 그런 놈이 둘은 아니라 하나라서, 다행이라고 위안하며 살았으나 불쑥 깨어난 새벽마다 가슴에 불이 치미는 걸 어쩔 수 없었다. 막내 녀석이 찾아와 형님, 형님 하면서

지껄이는 소리, 억센 고향 말투를 듣는 것도 정근에게는 고역이었다.

— 이리 와 봐. 어이, 우리 조카. 이리 와 봐.

막내 녀석을 흠씬 두들겨 패 준 날이었다. 술 취해 찾아온 그는 운동화를 벗지도 않고 집 안에 들어왔다. 하얀 레이스 잠옷을 입은 일곱 살 유나가 지숙의 뒤로 숨었다. 어이, 이리 와 보라니까. 삼촌이라니까. 지숙의 얼굴에 스치던 경멸의 빛. 그건 막내를 향한 것이라기보다 정근 자신을 향한 것에 가까웠다.

— 여기가 어디라고 매번 불쑥 찾아오는 거냐. 여기 군대다.

— 형님. 암만 경비가 바뀌어도 영관급 장교 형님은 바뀌지 않는 내 형님 아닙니까.

왜, 자신으로서는 이미 오래전에 잊어버린 고향, 아버지 같은 것을 떠올리게 하는지. 그것이 왜 지금을 망치는지. 지숙과 유나가 자신으로부터 한 발 물러서고 숨고 노려보게 만드는지. 녀석이 그 지역 말투로 말할 때면 더욱 뻔뻔하게 들렸다. 고향은 정근에게 준 것이 하나도 없었다. 사관학교 입학 당시에도, 소위 임관 당시에도, 고향은 자신에게 피해만 줬을 뿐이었다. 정작 고향 말투를 잊어버리고 그곳에 관한 추억도 없는 자신에게. 막내 녀석이라는 그가 몇 년도에 태어났는지, 몇 살 때 마지막으로 봤는지조차 기억나지 않았다. 그저 미치광이 아비가 맨 나중에 까 놓고 도망가 버린 새끼일 뿐이었다.

100미터, 500미터를 그토록 애써 달리지 않았다면. 시커먼 밤의 해변에서 맨발로 울며 달리지 않았다면. 아비고 어미고 형제고 모르는 척하고 공부하지 않았다면. 고향을 떠날 수 없었을 것이다. 그저 아비처럼 쓰레기같이 살 수밖에 없었을 것이다. 그렇게 생각하며 살아왔다. 지숙을 얻었고 유나를 얻었다. 양복 입은 아버지랑 피아노 치고 우유 마시며 살던 지숙을 아내로 얻었고 얌전하게 책만 읽는 예쁜 딸 유나를 얻었다. 가정은 그렇게 완성됐다. 자신이 이룬 걸 잃고 싶지 않아서 했던 선택이 결국 자신을 파멸로 몰았다. 다시 그때로 돌아가도 그런 선택을 할 수밖에 없다.

그가 죽었지만.

그건 그의 선택이었으니까.

*

혜진은 아직 살아 있다.

그리고 꼼짝하지 않고 누워만 있다.

콩나물을 무치는 손이 있다. 대령 부인의 손이다. 비닐장갑을 낀 손이 둥글넓적한 유리 볼 안에서 바쁘게 움직인다. 유리 볼 안을 누비던 손은 이윽고 무침을 한 줌 집어 올려 맛보기를 권한다. 대령은 한입 가득 콩나물무침을 넣고 우물우물 씹는다. 유나야, 너도 좀 먹어 봐라. 맛나게 됐다. 어떤 날에는 손의 주인이 혜진이다. 혜진이 콩나물무침을 한 줌 집어 자신에게 건넨다. 혜진이 좋아하던 대령 부인의 부엌. 요리를 하는 사람과 그것을 기다리는 사람이 마주 볼 수 있는 구조의 아일랜드 조리대. 대리석 상판과 원목 하부가 어울려 고급스럽다. 양 갈래로 머리를 땋은 유나가 옆에 앉아 재잘대고 영훈과 혜진은 마주 앉아 담소를 나눈다. 마치 자신들의 부엌 안에서인 양. 그런 기억 속에 대령과 대령 부인은 없다. 그러나 그곳이 어디인지 영훈은 누구보다 잘 알고 있었다.

스물한 살 혜진은 바라던 대로 간호조무사가 되었다. 그녀가 송탄역 근처에 있는 정형외과에 취직했을 때 영훈은 그곳에 들러 보았다. 당시에는 동네 자체가 패전한 지역처럼 을씨년스러웠다. 혜진이 자랑스럽게 안내하는 병원은 간판도 변변치 않은 데다 건물 외벽은 곧 무너질 것처럼 허름했고 내부역시 별다르지 않았다. 1층 복도 천장의 불이 시원찮은지 더러 깜빡거렸다. 어두컴컴한 원무과에서 풍기는 소독약 냄새를 맡으며 영훈은 마치 장기 밀매 업소 같다고 생각했다. 휠체어를 탄 성마른 노인이 영훈과 함께 있는 혜진을 보고 고함을 질렀다. 혜진은 노인에게 달려가 휠체어를 밀어 줬다. 분홍색 간호사복을 입은 혜진이 웃고 있어 영훈도 함께 웃어야 했다. 그땐 천장에 거대한 샹들리에가 달려 있는 호텔 같은 대형 병원을 상상하지 못했다.

혜진은 간호조무사가 된 직후 영훈과 혼인신고를 했다. 간단히 결혼식을 올린 후 영훈은 군에 입대했다. 대령의 운전병으로 근무하며 전역할 때까지 함께 기지 근처 렌털하우스에 살았다. 당시로선 신축 건물이었고 부대 복귀에 용이해 미군들에게 인기가 많았다. 부동산에서도 미군의 생활양식에 맞추어진 세련된 인테리어라고 홍보했다. 대령의 추천으로 살게 된 곳이라 영훈에게는 별다른 감흥이 없었다. 혜진은 자전거를 이용해 병원에 출퇴근했다. 서울에서 현장학습을 마치고 돌아온 유나를 데리러 가던 어느 날 영훈은 창문을 통해 자전거를 타고 가는 혜진을 봤다. 혜진은 예의 그 밝은 얼굴로 싱글싱글 웃으며 페달을 밟고 있었다. 기지를 돌아다니는 수많은 젊은 미군들처럼. 그때 영훈은 차에서 내려 혜진을 데리러 가고 싶다는 충동에 시달렸다. 혜진의 직장도 집도 언제나 영훈과 가까웠지만 그녀를 위해서 해 줄 수 있는 것은 많지 않았다.

혜진은 3교대를 하며 격무에 시달리는 와중에도 주말에 대령의 집에 들러 밑반찬을 만들거나 영훈의 세차를 돕는 일을 게을리하지 않았다. 혜진은 대령 부인을 좋아하며 따랐다. 대령 부인 지숙은 친절하고 야무진 여자였다. 솜씨 좋은 지숙이 한가득 만든 밑반찬을 작은 플라스틱 통에 나누어 담아 주면 혜진은 함박웃음을 지으며 받아 왔다. 지숙은 철마다 김치를 담갔고 그럴 땐 군인 아파트에 사는 위관급 와이프들이 대령 집에 모두 모여 일손을 도왔다. 혜진은 와이프들과 어울려 잡일을 했다. 가끔 현관에 서서 와이프들과 어울리는 혜진을 보면 이제 막 전학 온 아이처럼 쭈뼛거리며 슬금슬금 일을 거드는 품이 짠했다. 그래도 대령 가족과 가장 친한 부부는 바로 우리라며, 혜진은 자랑스럽다는 듯 말했다. 지숙에게 얻어 온 방판 화장품 샘플을 늘어놓으며.

— 아줌마는요, 아니, 사모님은요.

B항공에서 유나를 처음 만난 날이었다. 피켓 시위를 하고 있는 영훈에게 다가온 승무원은 다짜고짜 손을 잡으며 그렇게 말했다. 처음에 영훈은 그녀가 누구인지 알아보지 못했다. 연보라색 블라우스에 크림색 치마를 입고, 레이오버를 마치고 온 듯 커다란 수트케이스를 끌고 있는 여자 승무원. 명찰에 박힌 이름을 봤을 때도 선뜻 떠올리지 못했다. 문득 영훈은 그녀가 다름 아닌 유나라는 걸 깨닫고 전신에 소름이 돋는 듯 오싹해졌다. 유나는 토끼 눈을 뜨고 영훈을 위아래로 훑었다. 아줌마는요, 아니, 사모님은요. 유나는 영훈을 보자마

자 혜진의 안부부터 물었다. 잠깐 잡은 유나 손의 감촉이 오래갔다. 어쩐지 나무껍질같이 까칠까칠했다. 깜짝 놀랄 만큼 거친 손이었다. 토끼 눈을 뜨는 바람에 이마에 주름이 깊게 팬 것이 보였다. 유나는 더 이상 학원 가방을 흔들며 뛰어오는 어린애가 아니었다.

영훈은 무력했다. 혜진이 의식불명에 빠진 이후 언제나 무력하다고 생각해 왔지만 그것도 자신의 착각이었다. 돌이켜보면 자신은 단 한 번도 무력했던 적 없었다. 누워 있는 혜진을 보며 이토록 집요하게 과거를 떠올렸던 적 없었다. 회사에 나가지 못하게 되었을 때도 전부 다 끝장나 버렸다고 생각해 본 적 없었다. 그에게는 동료들이 있었고, 맞서 싸울 의지도 있었다. 무엇보다 유나가 있었다. 영훈에게는. 처음으로 유나가 혜진의 병실에 찾아오던 날, 영훈은 혜진의 귀에 속삭였다. 여보. 유나가 와. 기억나지? 우리 유나. 언젠가 영훈은 코마 환자에 관한 환상적인 이야기를 읽은 적이 있었다. 그들이 꾸는 꿈이 그들에게 현실로 여겨진다는 내용이었다. 가끔 보호자가 속삭이는 의식 저편의 말, 그 내용들이 그들에게는 꿈이라는 것이었다. 혜진의 꿈에 유나가 어떤 이미지로 등장할지 영훈은 결론 내릴 수 없었다. 함께 웃고 즐거워하던 행복한 기억일까. 물론 결코 그럴 수는 없었다. 전부 다 유나의 잘못이 아니었지만.

유나는 울지 않으려 애썼다. 어른스럽게 창밖을 보며 입술을 깨물었다. 병실 안은 따뜻했으나 유나는 바바리를 벗지 않았다. 들고 온 서류 가방도 한동안 내려놓지 않아 보다 못한 영훈이 빼앗아 들어야 했다. 그래도 유나는 앉지 않았다. 지금 혜진이 누워 있는 까닭도 전부 자신으로부터 비롯되었다는 듯 유나는 조용히 말했다. 아줌마, 죄송해요. 유나는 눈을 비볐다. 아저씨, 조금 더 일찍 만났다면 좋았을 텐데요. 아줌마도 저를 보면 반가워하셨겠죠? 유나는 죄라도 지은 사람처럼 눈을 내리깔고 그렇게 말했다.

과거에도 그랬지만 잘못을 빌어야 할 사람은 따로 있었고, 그들은 꿈쩍도 하지 않는데 늘 유나가 고개를 숙이며 사과를 했다. 혜진을 친 사람은 아직도 잡히지 않았고 그는 여전히 운전대를 잡고 도로를 활보할 것이다. 회사는 그의 사정을 아랑곳하지 않고 더욱이 그가 납득할 수 없는 이유로 그를 정직 처분했다. 과거 대령은 영훈에게 무슨 일이 일어났는지 끝내 알지 못했다. 그 모든 일을 유나가 뒤집어쓰고 대신 사과하는 것 같았다.

유나가 마지막으로 본 젊은 혜진은 지독한 유산 후유증을 앓고 있었다. 중학교 교복을 입고 학원 가방과 도시락 가방을 양팔에 든 유나는 멀리서, 떠나는 영훈 부부를 지켜봤다. 영훈은 그날의 유나를 기억했다. 이삿짐 트럭이 출발할 때까지 영훈은 돌아보지 않았다. 백미러를 통해 담벼락 뒤에 몸을 숨긴 유나가 꼼지락거리는 모습을 가끔 흘끔거릴 뿐이었다. 트럭에 시동이 걸릴 때 혜진도 백미러로 유나를 봤다. 혜진은 영훈을 때리며 나가서 인사라도 하고 오자고 졸랐다. 운전석과 조수석 사이에 앉은 혜진이 나가려고 몸을 비틀었지만 영훈은 비켜 주지 않았다. 그냥 가. 영훈은 냉정하게 말했다. 혜진이 뒤를 돌아보며 급하게 손을 흔들었다. 영훈의 목구멍이 따끔거렸다. 가슴이 몹시 아팠지만 끝내 돌아보지 않았다. 유나가 양팔을 크게 벌려 손을 흔드는 모습이 백미러로 보였다. '사물이 거울에 보이는 것보다 가까이 있음.' 수천 수만 번은 보았을 백미러 하단의 인쇄 문구가 영훈의 가슴을 쳤다. 유나는 학원 가방과 도시락 가방을 땅바닥에 팽개쳐 놓고 트럭이 골목을 빠져나갈 때까지 손을 흔들어 영훈 부부에게 작별 인사를 했다. 트럭이 안성 톨게이트를 지나자 혜진은 그야말로 목 놓아 울었다. 보다 못한 트럭 기사가 꼬질꼬질한 가제 수건을 건넸다. 혜진은 그 수건으로 얼굴을 벅벅 문질러 가며 울었다.

유나가 마지막으로 본 혜진 역시 아팠으므로, 영훈을 만나자마자 그녀의 안부를 묻는 것은 어쩌면 당연했다. 대령의 집을 떠나오고 나서도 그들은 살아갔다. 아이는 생기지 않았지만 그들은 그 후로도 오랫동안 살았다. 삶은 지속됐다. 그러나 유나와 영훈이 재회한 무렵 혜진은 이미 의식불명으로 병원에 누워 있었다. 그들이 서로 만나지 못했던 20년의 시간은 마치 없어져 버린 듯했다.

영훈은 혜진의 꿈속에 끼어들었다. 어쩔 수 없어. 당신이 지독한 악몽을 꾼다고 해도. 여보, 유나가 죽었어. 자살했대. 믿겨져? 그것도 다 나 때문인 것 같아. 예나 지금이나 우리는 유나에게 피해만 주고, 상처만 줬어. 그 아이가 뭘 잘못했다고. 여보. 들려? 영훈은 혜진과 나눠 갖고 싶었다. 건강한 혜진과 늘 그러했듯, 고통을 함께 견디고 싶었다.

*

—블로그나 미니홈피 한번 찾아봐. 아저씨나 아줌마나 둘 중 한 명은 하겠지. 아직도 삼십 대 중반밖에 안 된 거잖아. 그럼 분명, 백 퍼센트 인터넷 찾아보면 나온다.

유나는 고개를 저었다. 주한에게 처음으로 영훈 부부에 대한 이야기를 한 날이었다. 싫어. 안 찾을래. 주한은 물끄러미 유나를 봤다. 왜? 보고 싶은 거 아니야?

—아니, 그냥 그분들이 잘 살면 그걸로 됐어.

유나는 손으로 부채질을 했다. 주한의 옥탑방은 여름에는 찌는 듯 더웠고 겨울에는 혹독하게 추웠다. 겨울에는 껴안고 서로의 온기로 추위를 버텼지만 여름에는 도리가 없었다. 주한은 회전하는 선풍기 날개를 유나 쪽에 고정해 주었다. 유나는 신경질을 내며 다시 회전으로 돌렸다. 주한도 신경질을 내며 고정 버튼을 눌렀다. 한참 실랑이하다 주한은 유나 곁에 바짝 붙었다. 이렇게 하고 같이 바람 쐬면 되잖아. 유나는 더한 신경질을 내며 물러났다.

— 네가 옆에 가까이 있으면 더 덥잖아. 야, 반지하가 옥탑방보다 10만 원 더 비싸다던데, 10만 원 더 주고 반지하 살면 안 되냐? 반지하는 여름에 시원하고 겨울에 따뜻하다던데.

— 싫어. 우리 고향 집도 반지하란 말야.

여름에는 줄곧 그런 이야기를 나누다 지쳐 나란히 누워 천장을 바라보곤 했다. 얼기설기 도배된 벽지와 난데없는 얼룩이 모자이크 그림처럼 눈앞에 빙빙 돌며 다가오는 듯했다. 주한과 유나는 함께 책을 읽고 공부를 하거나 영화를 다운받아 봤다. 문을 열고 나가면 옥상이었으나 드라마에서 보던 대로 탁 트여 별이 보이거나 하지는 않았다. 고기를 구워 먹거나 누워서 놀 수 있는 평상 같은 것도 없었다. 그렇기는커녕 주인집에서 올려 둔 장독대나 썩은 화분 천지로 발 디딜 틈도 없었다. 주한과 유나는 가끔 옥상에서 담배만 피웠다. 그마저도 주인과 마주치면 눈치가 보였다. 가끔 나가 아이스크림을 잔뜩 사 들고 돌아왔으나 냉동고가 없는 터라 금세 먹어 버렸다. 유나가 앉은자리에서 아이스크림을 다섯 개씩 먹어 치우는 아이가 아니었다면 그마저도 못 했으리라고 주한은 생각했다. 주한은 다리 사이에 아이스크림 통을 끼우고 숟가락으로 퍼먹는 유나의 모습을 좋아했다. 그런 모습이 담긴 사진만 사진첩에 열 장 넘게 있었다.

— 너 수영할 줄 아냐?

느닷없는 유나의 질문에 주한은 문득 지금껏 함께 수영장이나 바다에 갔던 적이 한 번도 없었다는 걸 깨달았다. 유나가 대학을 졸업하고 독서실에 붙어 살며 임용 고시를 준비하던 무렵에도 주한은 여전히 옥탑방에 살았다. 주한은 대학을 휴학하고 가을에 떠날 워킹홀리데이에 필요한 관광 취업 비자를 준비 중이었다. 뉴질랜드에 다녀오기만 하면 지긋지긋한 옥탑방 따위는 정리해 버리고 복층 오피스텔을 계약하겠노라고 다짐했다. 유나가 놀러 오기에도 더 좋겠지. 아니, 그때라면 유나랑 같이 살아도 좋지 않을까. 주한은 곧 1년 가까이 유나와 떨어져 있어야 한다는 사실을 깨달았다.

— 누나 수영 못 해? 바보 아냐?

주한은 발로 유나를 툭툭 건드렸다. 유나는 주한의 발을 꼬집었다. 헛소리하지 말고, 나 수영 좀 가르쳐 줘. 유나는 갑자기 부끄러워했다. 주한은 유나에게 발이 잡힌 채 벌떡 일어났다. 왜, 갑자기. 유나는 주한과 눈을 마주치지 않은 채 말했다.

— 우리 곧 도보순례 가잖아. 먼 길 떠나는데 갑자기 사고라도 나면 어떡해. 뭐라도 배워 놔야지.

— 수상한데? 목적이 뭐야? 우리가 물놀이 가는 것도 아닌데.

유나는 가르쳐 주기 싫음 관둬, 하며 토라졌다. 주한은 유나를 달래며 인터넷으로 근처에 있는 구민 체육센터 수영장 이용 시간을 알아보았다.

주한의 생각에 유나는 운동신경이 없어도 너무 없었다. 그들의 첫 만남에서부터 예상한 거였지만 그래도 너무 심하다고 주한은 생각했다. 유나는 느렸고 자기 생각보다 더 근성이 부족했다. 수영 학원만 해도 다섯 번도 넘게 등록했다 그만뒀다고 했다. 수영 수업에만 다녀오면 고열에 오한이 생겨서 매번 포기했다는 거였다. 아파도 꾹 참고 조금만 버텼다면 배웠을 텐데, 주한은 진심으로 그렇게 생각했다.

— 그런데 왜 이제 와 배우려는 거야? 누나 줄넘기도 아직 못 하잖아?

물에 선뜻 들어오지 못하고 맨발로 타일 바닥만 문지르는 유나에게 주한은 외쳤다. 쭈뼛거리는 유나를 내버려 두고 혼자 수영장 한 바퀴를 돌고 온 상태였다. 어느 날 갑자기 수저와 연필을 쥐거나 머리를 감을 수 있게 되는 것처럼 수영도 여기가 고비다 싶은 지점을 넘기면 되는 일 중에 하나였다. 일단 물에 들어와. 들어와야 뭘 하지! 주한의 목소리가 웅웅 울렸다. 유나는 조심스레 물에 들어왔다.

일단 물에 들어와야지. 일단 물에 떠야지. 그래야 뭘 하지. 주한은 유나를 다그치다 문득 자신이 너무 신경질적이라 생각하고 사과했다. 미안해, 누나. 답답하다고 생각해 버렸어. 그런데 어쩔 수 없어. 누나는 너무 답답해. 유나는 주한을 노려보았다. 새로 산 나일론 수영모에 딸려 올라간 눈초리 때문에 더욱 심술궂어 보였다. 주한은 웃음을 터뜨렸다. 주한이 아무리 애써 몸을 가볍게 만들어 주려 해도 유나가 심하게 겁을 먹어 번번이 물에 뜨는 데 실패했다. 겨우 뜨나 싶다가도 몸에 힘을 주며 발을 굴러 주한에게 안겨 오기 일쑤였다. 주한은 결국 유나를 물에 남겨 두고 나왔다. 계단에 앉아 주한은 말했다.

─혼자 해 봐. 내가 있다고 생각하니까 더 안 되는 것 같아.

그날 유나는 결국 물에 뜨는 데 실패했다. 주한은 체육센터에 한 달 이용권을 끊었다. 이왕 배우기로 했으니까 한 달은 도전해 보자. 이번엔 아프다고 포기하지 말기. 유나는 시무룩해져 고개를 끄덕였다. 그렇게 말해 놓긴 했으나 막상 그날 밤 앓아누운 유나를 보자 주한은 속상했다. 유나 어머니에게 전화를 걸어 괜찮아지면 집에 보내겠노라 이야기한 주한은 밤새 유나를 간호했다. 겨우 물에 몸만 담가 놓고 몸살이 난 유나 꼴이 우습기도 했다. 우스운 마음을 숨기지 못해 물수건을 갈아 주며 키득거리면 유나가 아픈 와중에도 열심히 눈을 흘겼다.

— 누나, 그런데 왜 그래? 왜 수영을 배우려는 거야?

— 몰라. 이번에는 정말 배울 거야.

— 이상하다. 누나네 아버지 군인이었다며. 왜 운동신경을 닮지 않았을까.

유나는 말없이 돌아누웠다. 사귄 지도 5년이 넘었는데 내내 같았다. 유나는 아빠 이야기만 나오면 침울해지고 말이 없어졌다. 주한은 유나 아버지가 대령으로 예편한 전직 군인이라는 사실만 알고 있었다. 유나가 고등학교 때 예편했다고 하니 정년에 비해 일찍 그만둔 것 같다는 생각은 했지만 굳이 묻지 않았다. 사정이 있어 따로 살고 있을 뿐 이혼한 것도 아니라면서 왜 아빠 이야기만 나오면 불편해하는지 알 수 없었다.

— 영훈 아저씨는 아이 낳았겠지?

새벽이 되자 유나의 몸살 기운이 심해졌다. 주한은 구급차 타고 병원 갈래, 물었으나 유나가 극구 사양했다. 그냥 누워 있을래. 유나는 허옇게 말라붙은 입술을 달싹였다. 난 구급차 타 본 적 없어. 아침 되면 나아질 거야. 주한은 푹푹 찌는 옥

95

탑방에 아픈 유나를 눕혀 놓은 게 마음에 걸렸다. 유나는 계속 엉뚱한 말을 했다.

— 영훈 아저씨 애가 벌써 초등학생이겠다.

— 그걸 누나가 어떻게 알아? 소식도 모르면서.

— 그러게.

— 그러니까 그렇게 궁금하면 인터넷으로 찾아보자니까.

— 됐어. 잘 살고 계시겠지.

— 미안.

— 뭐가?

— 누나는 찾고 싶은 게 아니라 그냥 이야기하고 싶은 걸 텐데.

— 하긴 그래. 그런데 그분들도 날 기억할까?

— 아저씨가 그때 전역한 거잖아. 그럼 누나 같은 아이를 또 만나지는 못했을 거고. 누나를 대체할 만한 아이를 만나지 못했을 거란 이야기야. 당연히 기억하지.

— 그렇겠지? 날 기억해 주시겠지?

— 그래.

— 주한아. 이번에는 포기하지 않을게.

— 뭘?

— 수영.

유나는 까무룩 잠들었다.

장례식장에서 술에 거나하게 취한 철용이 물어본 적 있었다. 혹시 유나를 의심해 본 적은 없었어? 부기장 아저씨. 철용은 주한의 어깨에 기댔다. 주한은 철용의 어깨를 토닥여 줬다. 철용이 모르는 걸 주한은 알았다. 유나는 B항공사에서 영훈 아저씨와 재회했다. 운전병 아저씨가 부기장 아저씨로 바뀌어 있었다는 걸 주한은 유나에게 전해 들었다. 조종사 노조 간부로서 사내 피켓 시위를 하고 있던 사람이 오래전 젊은 운전병 아저씨였다는 걸.

*

주한이 귀찮아할 정도로 나는 광주에 관해 자주 물어봤어
요. 고향이라 부를 만한 고장이 있는 주한이 부러웠던 것도
같아요. 아빠가 잘 아시다시피 내겐 고향이라 할 만한 곳이
없잖아요. 서울과 경기도와 충청도를 오갔고 그 안에서도 여
러 번 옮겨 다녔죠. 아빠가 부대를 옮기면 우린 따라갔으니까
요. 수도권 애들은 흔히 부모의 고향을 자기 고향이라 여기고
살기도 하지만 나는 아빠 고향을 제대로 알지도 못했고, 사
실 그곳은 아빠의 고향이라 할 수도 없었으므로 내게는 고향
이 없었어요. 굳이 내 인생에서 가장 큰 영향을 미친 동네를
찾아본다면 역시 평택이겠지만요.

중학교 때까지는 내가 사는 동네가 오산 공군기지로 불리
지만 행정구역상 주소는 평택시 신장동이며 송탄으로 불리기
도 한다는 걸 잘 이해할 수 없었어요. 미군들에게는 평택보다
오산이 발음하기 편해 그렇게 지어졌다는 건 익히 알고 있었
지만요. 초등학교 때 전학을 자주 다니니 이전 학교 친구들과
편지를 주고받을 일이 많았는데, 나는 항상 새로운 부대 이름
과 사서함 번호를 알려 줬죠. 그 친구들도 대부분 군인 자녀
들이었으니 이상하게 여길 일도 없었고요. 주한은 이런 이야
기를 매번 신기해하며 들었습니다. 나로서는 주한의 이야기가

더욱 신기했는데요. 가령, 주한은 고등학교 때까지 경기도 광주의 존재를 몰랐다. 광주란 이름을 가진 동네는 전국에 전라남도 광주 하나뿐인 줄 알았다. 지금이야 누군가 광주에 간다고 하면 전라도 광주와 경기도 광주, 중국 광저우까지 떠올리지만 초등학생일 적 광주직할시에서 광주광역시로 바뀌었고 우편 주소를 쓸 때 항상 광주광역시라고 쓰는 것이 당연했는데, 왜 서울 사람들은 서울특별시라고 쓰지 않고 서울시라고만 쓰는지 그게 신기했다. 뭐 그런 이야기들요. 그뿐인가요. 어릴 때 소풍으로 망월동 묘지에 갔던 이야기. 그때 묵념하는 담임선생님 옆에서 친구들과 떠들던 이야기. 선거 날이 되면 안절부절못하던 선생님들. 그리고 서울 가서 차별받으면 안 되니까 고향 말투 버리라고 했다는 그의 아버지.

아빠는 사회인으로서의 나의 삶에서 무엇이 가장 걱정되었나요. 주한의 이야기를 듣는데 문득 울어 버리고 싶었어요. 나는 고등학교 때, 그 일 이후로 아빠와 이야기를 나눠 본 적이 없어서요. 제대로 이야기를 나눠 본 적이 없죠. 스무 살을 앞둔 내게 아빠는 어떤 당부도 하지 않았으니까. 내 잘못일 수도 있지만요.

어린 시절 내내 내 친구들은 군인 아저씨네 애들이었는데, 이제 하나도 남지 않았어요. 군인 아저씨네 애들은 전부 없어져 버렸죠. 아빠는 군인이고 엄마는 군인 부인이라는 게 너무 당연해서 서로 설명해 줄 필요도 없었는데. 다들 어디 살고 있을까요. 새로 만난 친구들에게 어렸을 때 이야기를 해 주면 신기해하는 걸 여전히 낯설어하고 있을까요. 나처럼.

친구들에게 아빠 이야기를 하지 않아도, 부대에 살던 이야기는 재미있게 들려주곤 했었는데 몇 가지 절대 하지 않는 이야기들이 있어요. 그중 하나, 인형 이야기예요. 사모님들이 사오던 인형요. 우리 집에 오는 아줌마들은 항상 빈손으로 오지 않고 나를 위한 선물을 사 들고 왔었죠. 그게 얼마나 엄청난 일인지 그땐 몰랐어요. 인형이 너무 많아서 뜯어보지 않은 것도 제법 되었으니까요. 인형뿐만 아니라 책도, 장난감도, 스티커도 내겐 넘쳐 났어요. 형제자매가 없어 나눠 쓸 사람도 없는데. 엄마는 내가 포장도 뜯지 않고 쌓아 둔 선물이나 갖고 놀다 질린 것들을 잘 보관해 두었다 고아원에 가져다주었어요. 당시 내겐 2층짜리 인형의 집이 다섯 개나 있었는데, 언젠가 반 친구가 구멍가게 앞에서 1층짜리 인형 욕실을 한참 들여다보는 걸 보고 깜짝 놀랐어요. 할머니가 인형 사라고 돈 줬는데, 갖고 싶은 걸 사기에는 부족하다고 하더라고요. 나는 그게 뭔지 몰랐어요. 내게 없는 뭔가가 필요하고, 그걸 갖기 위해 애타는 마음으로 기다린다는 게 뭔지.

그런 이야기를 처음 아저씨에게 했었죠.

영훈 아저씨에게.

아저씨, 주영이랑 민지는 바비 피자헛을 본 적도 없대요. 우리 집엔 세 개나 있는데.

아저씨가 피식 웃었죠.

그럼 유나 네가 가진 걸 나눠 주지 그래?

엄마가 혼낼 것 같아요. 엄마는 내가 안 갖고 놀면 고아원에 가져다주거든요.

아저씨는 대답하지 않았어요. 잠시 후에 유턴할 거야, 잘 잡아, 라고 했을 뿐이었죠. 그날도 아저씨는 뒷좌석에 타라고 그랬어요. 유나야, 부탁이다. 넌 아직 몸이 작잖아. 뒤에 타야 안전해. 그런데 나는 절대 그럴 수가 없었어요. 어른이 운전하는데 뒤에 탄다는 게 너무 못된 짓 같아서요. 나는 앞에 타야 더 좋아요, 뒤에 타면 멀미해요, 라고 핑계를 대곤 했었죠. 영훈 아저씨는 졌다는 듯 고개를 흔들었고요.

그게 우리 사이에서는 일종의 규칙이 되었어요.

유나야, 뒤에 타라.

앞이 더 좋아요.

어차피 내 뜻대로 될 걸 알면서도 안녕하세요, 인사처럼 습관적으로 주고받는 말이 되었죠. 아빠에겐 말하지 않았어요. 아빠가 보는 앞에서는 앙큼하게도 뒷좌석에 탔다가, 조수석으로 바꿔 타곤 했죠. 아빠, 기억 안 나죠?

＊

 ─ 그래도 장례식장에 찾아와 주었잖아.

 정근의 말에 지숙은 울음을 터뜨렸다. 예전처럼 울음을 참
을 필요가 없었다. 지숙은 울고 싶으면 울었다. 정근도 그런
지숙을 타박하지 않았다. 아빠가 조금만 다정했으면 좋겠다
고, 그게 소원이라고 말하던 어린 유나가 생각나서 지숙은 한
번 더 울었다.

 ─ 애들에게 B항공사 기장을 만나겠노라고 했어. 도와줘.
우리가 서로 도와야 할 때야.

 정근은 차분하게 지숙을 달랬다. 지숙이 눈물을 닦고 유자
차를 들이켰다. 정근은 지숙도 많이 변했다고 생각했다. 예전
같았다면 프랜차이즈 카페에서 파는 유자차 따위는 마시지도
않았을 거였다. 항상 직접 청을 담가 두었다가 정성스레 내려
마셨다. 유자도 아무 데서나 산 것을 취급하지 않았다. 과일이
든 채소든 쌀이든 지숙은 생활협동조합을 통해 아는 농장에
서만 거래했다. 옛날 이야기였다.

 지금 정근은 부인들에게 연락해 달라고 부탁하고 있다. 장
례식장에 찾아와 주었던 옛 부하의 부인들. 그들은 전부 무사
히 영관급 장교로 예편했고 하나같이 부부 관계를 유지하고
있었다. 군에서도 가정에서도 쫓겨난 건 자신뿐이었다. 한때

함께 사조직을 운영했던 그들 부인들과 지숙은 여전히 근근이 연락을 유지하고 있었으나 예전 같은 사이라고 볼 수는 없었다. 유나가 중학교에 들어가던 해 어쩐 일인지 부인들의 사조직은 와해되었고 몇 년 후 정근이 불명예 제대하고 나서는 한 건의 만남조차 없었다고 했다. 정근이 그렇게 되었으니 당연한 일이었다. 부인들의 모임은 그들 남편들이 오산 공군기지 소속 장교들이라는 전제로 이루어진 것이었다. 정근은 왜 부인들의 사조직이 와해되었는지 알지 못했다. 지숙이 그런 정근에게 따져 물었다.

—그게 유나가 열네 살 때 일이야. 이제 와 어떻게 우리를 도와 달라고 할 수 있겠어?

—그래도 장례식장에 찾아와 주었잖아.

—지은 엄마가, 이 대령 와이프가 그러더라. 유나 자살했다면서요, 그러면서, 유나도 일찍 교회를 보냈다면 그런 선택은 하지 않았을 수도 있다고. 유나 아빠, 난 그때 깨달았어. 유나 지금 자살한 거였구나. 나도 모르게 마치 유나가 살인마한테 피습이라도 당한 것처럼 착각하고 있었더라고. 경찰이랑 그 사달을 겪고도 말이야. 유나 죽은 것의 뒷일을 캔다는 게 그들 입장에서는 이상해 보일 수도 있어. 그런데.

지숙은 핸드백에서 메모지를 꺼냈다.

—왜 애가 그렇게 됐는지 알아야겠다고 내가 그랬어. 지은

엄마한테. 사실 포기하려고 했는데, 철용이가 그러더라고. B항공사에서 대체 무슨 일을 당했는지 알아야겠다고. 제발 무너지지 말아 달라고. 그래서 지은 엄마한테 B항공사 내부 사정에 밝은 기장 정보를 달라고 했어. 지은 엄마, 우리도 이제 현역 아니니까, 하면서 주더라. 당신이 만나 봐. 그 사람이야.

정근은 메모를 받았다. 사관학교 출신에 오래전 대위로 예편한 자라고 했다. 그에게 전부 해답을 구할 수는 없을 것이다. 정근으로서는 분명한 목표가 있었다. 자신이 원하는 바가 무엇인지를 정확하게 이야기해야만 실마리를 잡을 수 있을 것이다. 그러려면 먼저 자신이 원하는 바가 무엇인지 자신부터 정확하게 알아야 했다.

스캔들의 주인공, 부기장이란 자가 대체 누군지. 회사 내부 사정에 밝은 기장보다 유나의 죽음에 직접적으로 관련이 있는 그자를 만나는 게 더욱 중요했다. 철용과 주한에게 부기장의 연락처를 알아봐 달라고 부탁할 수도 있었다. 그러나 정근은 그들처럼 부기장이란 자를 단순히 유나와 친했던 노조 간부라고만 여길 수는 없었다. 유나의 죽음의 진실에 설령 외면하고 싶은 부분이 있더라도 자신으로서는 바로 그 부분을 알아야 했다. 그러므로 부기장과 관련한 사항은 철용이나 주한과 연대하지 않고 혼자 해결해야 하는 지점이리라고 정근은 생각했다.

지숙은 그런 정근에게 가타부타 설명하지 않았다. 카페에 정근을 남겨 두고 나온 지숙은 놀랍도록 정신이 맑아지는 것을 느꼈다. 어머니, 제발 힘 좀 내세요. 철용의 음성과 울음을 참는 주한의 표정이 떠올랐다. 그 자식들이 유나를 불러다 놓고 반성문을 쓰게 했어요, 따귀를 때리면서. 자신에게는 말하지 못하고 친구들에게만 털어놓았던 유나의 마음을 지숙은 이해했다. 여전히 유나가 끔찍한 방법을 이용해서 스스로 목숨을 끊었다는 사실을 애써 생각하지 않으려 하는 중이었다. 그러나 지숙은 확신할 수 있었다. 유나에게는 아무런 잘못이 없다. 설령 유나가 유부남 부기장과 부적절한 관계였다고 해도 자신으로서는 굳이 딸을 탓하고 싶은 마음도 없었다. 그러나 그게 아니다. 억울했으므로 죽음을 선택한 것이다. 지숙은 유나가 어떤 아이인지 조금은 알고 있었다.

—엄마, 아저씨랑 아줌마는 잘못 없어요. 내가 가자고 한 거예요.

사색이 된 지은 엄마가 유나를 데리고 왔을 때도 마찬가지였다. 유나는 현장학습을 간다고 나가서 며칠간 돌아오지 않았다. 유나를 기차역에 데려다준 운전병은 어머니와 학교의 허락을 받고 서울 친척 집에 간다고 했다고 전했다. 가슴 졸이던 며칠간 이러다 미쳐 버리는 건 아닌가, 생각했었는데 유나를 보자 놀랍게도 정신이 맑아졌다. 멀쩡한 아이를 봤다는 안도감에 눈물이 나거나 하지도 않았다. 지숙은 유나가 거짓말을 하고 있다는 걸 알았다. 내가 가출한 거예요. 아빠 출장 간 틈 타서. 유나의 눈은 말하고 있었다. 엄마, 아빠에게는 비밀로 해 줄 거죠? 지숙은 그때 처음으로 유나와 공모했다. 이후 둘 중 누구도 그 일을 입 밖에 내지 않았지만.

그때처럼 지금도 유나는 뭔가를 숨기고 있었다. 뭔가 숨긴 채 괴로워서 죽고 말았다. 누군가를 위해서. 아마 자신이 믿는 누군가를 위해 그런 선택을 했을 터였다. 지숙은 철용이나 주한이 당부했듯 힘을 내서 유나가 밝히지 못한 것을 찾아내 주리라 결심했다. 진실을 알고 나면 오래전 유나가 왜 그런 이상한 선택을 했는지 이해했던 것처럼, 아이를 이해할 수 있을 것이었다. 지숙은 믿었다. 엄마 미쳐 버리지 않을게. 지숙은 다짐했다.

*

주한은 철용을 처음 만나던 날도 또렷하게 기억했다. 그날은 도보순례를 시작한 날이었다. 기획단 사전 모임이나 스터디에 한 번도 온 적 없던 철용이 그날 갑자기 나타났다. 대부분의 사람들에게 그렇겠지만 주한에게도 철용은 마냥 미친놈

같아 보였다. 유나는 주한에게 철용에 관한 이야기를 자주 해 주었다. 체조경기장에서 처음 만난 날 말했던 '멍청한 새끼'도 철용이었다. 어학연수 설명회라면서 '반미치광이 교인'들이 모인 대성회로 유나를 내몬 게 바로 철용이었다.

─자기는 아빠 돈 받아서 맘 편히 어학연수 가면서. 나를 그런 데 보내고 말이야. 거기 있는 반미치광이들한테 붙잡혀서 장기라도 떼였으면 어쩔 뻔했어?

─누가 장기를 떼어 간대. 누나, 과장하지 마. 그리고 거기 가는 바람에 나를 만났잖아?

─그래, 말이 나와서 말인데 넌 대체 거길 왜 간 거야?

유나는 몇 번이나 주한에게 추궁했다. 대체 그 이상한 데 왜 갔던 거냐고. 노량진에서 재수하던 스무 살 촌놈이 누구에게 무슨 이야기를 듣고 올림픽공원 체조경기장까지 갔던 거냐며 유나는 캐물었다. 어학연수 가고 싶어서 갔지, 다른 이유가 있겠어? 주한은 매번 똑같이 대답했다. 자신으로서는 오직 그런 이유밖에 없었다.

그해 여름, 안동 출발 지점에는 유나와 주한 단둘뿐이었다. 도보순례 기획단으로서 자주 만난 친구들이 전부 뒤늦게 합류하겠다며 연락을 했다. 유나는 설마 다들 안 오는 건 아니겠지, 고개를 숙인 채 중얼거렸다. 주한은 걱정 말라며 유나를 토닥였다. 둘은 같은 옷을 입고 있었다. '청년도보순례'라는 수상한 글자가 적힌 하늘색 티셔츠였다. 이렇게 애매하게 적어 놓으면 아무도 우리를 의심하지 않는다구. 유나는 단체 티셔츠를 주문하며 키득거렸다. 주한은 유나와 한 번도 맞춰 보지 못한 커플 티를 입은 것 같아 왠지 뿌듯했다. 친구들이 합류하면 더는 그런 기분을 느끼지 못할 것 같았다. 주한은 유나의 목에 두른 손수건을 고쳐 매 주었다. 숨 막혀. 유나가 주한의 팔을 쳐 냈다.

7킬로미터 지점에서 유나의 대학 동기 둘이 합류했다. 주한과는 몇 번 스터디를 통해 만난 사이였다. 하늘색 티셔츠를 입은 일행이 멀리서 나타 났을 때 주한은 마치 기적 같다고 생각했다. 저녁이 다 되어 가는 시간이었으나 아직 환했고 여전히 더웠다. 눈앞에 아지랑이가 피어올랐다. 심도 낮은 사진처럼 가운데로 갈수록 점차 분명해지는 초점. 그들처럼 하늘색 티셔츠를 입고 유나처럼 목에 하얀 손수건을 두른 여자아이들이 소리를 지르며 뛰어왔다. 친구들을 부둥켜안고 좋아하는 유나를 보며 주한은 눈시울이 뜨거워졌다. 어떻게 여기서 만나지? 이 길 한가운데서. 유나와 친구들은 소녀들처럼 방방 뛰었다.

그로부터 3킬로미터를 걷고, 다시 3킬로미터를 걸을 때마다 하늘색 옷을 입은 친구들이 나타났다. 가는 데마다 공사 현장이었으나 그들은 관광지라도 온 듯 기념사진을 찍었다.

유나 고등학교 동창이라는 친구가 말했다. 국문과 졸업생이었다.

─그러고 보니까 여기 학부 3학년 때 답사 왔던 적 있어. 1박 2일 동안 술 먹었던 것밖에 기억 안 나. 아쉬워. 그땐 정말 예뻤다는데. 대학 땐 어디 놀러 다닐 돈도 없어서 그저 여행이라면 답사밖에 없었는데도 가면 술 먹고 뻗느라 아무것도 구경 못 했어. 사진 많이 찍어 둘걸.

─사진이 문제냐. 그때 눈으로 제대로 봐 두기라도 했다면 다행인 거지. 그런데 그렇게 술 먹고 뻗을 거면 뭐 하러 멀리까지 답사를 가? 그냥 강의실에서 술 먹고 뻗고 답사했다고 하지.

─그래도 우린 각 지역 특산 술만큼은 꼭 먹어 보고 왔다구.

그날 밤 국문과 친구는 소주를 사 가자고 유나를 졸랐다. 안 돼, 성당에서 그렇게 술 마시면. 유나는 단호히 거절했다. 야, 신부님들은 미사 때마다 술을 그렇게 마시는데. 될 거야. 한 병만 먹자. 유나는 너 그럴 거면 집에 가서 술이나 마셔, 하고 끝까지 거절했다.

첫날 밤 숙박 시설은 강 근처 작은 성당이었다. 시설을 관리하는 수녀와 연락한 친구는 총 여섯 명의 인원이 곧 도착할 예정이라고, 감사하다며 전화에 대고 연신 고개를 숙였다.

가뜩이나 신세 지는데 민폐 끼치지 말자, 유나가 주의를 주었다. 성당에 도착했을 땐 깜깜한 밤이었다. 15킬로미터 가까이 걸었는데도 살아 숨 쉬고 있는 유나가 신기하다고 주한은 생각했다. 누나, 이건 정말 기적이야. 어떻게 쓰러지지 않고 있어? 놀리는 주한의 등짝을 때리던 유나가 갑자기 소리를 질렀다.

―너, 이 미친놈. 누가 지금 나타나래?

브로콜리같이 펌한 머리에 금목걸이까지 찬 이상한 행색의 남자였다. 주한은 '미친놈' 소리를 듣자마자 그가 바로 철용임을 알 수 있었다. 하늘색 티셔츠도 입지 않은 철용은 성당 대문 앞에 짝다리를 짚고 서 있었다. 너, 이 건방진 놈. 지금 올 거면 내일 오든가. 유나는 철용의 등짝을 내리쳤다. 철용은 양손에 가득 봉지를 들고 있었다.

수녀님, 정말 죄송합니다. 유나는 늙은 수녀에게 허리를 숙이며 사죄했다. 제 친구가 뭘 잘 몰라서 이렇게 술을 사 가지고 왔어요. 저희 안 마시고 그대로 가져갈 거예요. 걱정 마세요. 수녀는 웃으며 유나를 토닥여 주었다. 그러지 말고 드시고 가세요. 너무 시끄럽게 하지만 말고. 철용은 눈을 찡긋했고 유나는 조용히 철용을 걷어찼다.

주한은 시간대별로 생생하게 떠오르는 그날의 기억에 사로잡혀 있었다. 처음 본 미친놈이 유나를 놀려 댈 때마다 발

끈하고 욱하던 자신을 생각하며 웃었고, 둘러앉은 일곱 명이
서로의 잔에 술을 채워 주던 걸 생각하며 웃었다. 그때도 이
미 세상 쓴맛 단맛 다 봤다고 생각하지 않았나. 고작 대학생,
사회 초년생들이었는데. 철용과 가장 멀리 앉았던 국문과 술
꾼 친구가 어쩐 일인지 다음 날 철용의 손을 잡고 있었던 기
억. 갑자기 시간이 점프해서 그녀와 헤어졌다고 울어 대는 철
용. 유나 장례식에서, 이미 결혼해 아이까지 데리고 온 그녀와
어색하게 인사하던 철용. 유나 아버지에게 주한을 대신 소개
하던 그녀. 시간이 점프하다 오늘까지 온다. 명백하게 유나가
없는 오늘로. 주한은 시간을 되감기해 그날로 돌아갔다. 모두
잠든 새벽 곁에 누워 뒤척이던 유나가 있던 그날.

　—네가 봐도 나, 신기하지 않냐?

　—뭐가?

　—이렇게 많이 걸어왔잖아. 쓰러지지 않고.

　—누나는 자기 자신을 너무 공주같이 생각할 때가 있더라.

　—죽을래?

　—거봐. 하면 되잖아.

　—기특하다고 말해 줘. 물론 이 일이 나의 체력 훈련을 위
한 건 아니지만 말야.

　—기특해.

　—소울리스하게 말하지 말고.

— 어, 기특해.

주한은 힘주어 말하며 유나의 이마를 쓰다듬었다. 유나가 주한의 가슴에 안겨 왔다. 창으로 새벽 어스름이 밀려 들어왔다. 까맣지 않고 조금 파랗다. 이 어둠은. 주한은 생각했었다. 주한의 팔을 베고 누운 유나는 곧 스르르 잠들었다.

그해 여름 이전으로 돌아갈 수 없었다.

*

그 아이는 언제나 하면 되는 거야, 말했는데 나로선 조금 멍청하게 들리기도 했어요. 그런 순수한 도전 의식 같은 건 언제나 불편했거든요. 주한이 하면 돼, 일단 시작하면 되잖아, 말하면 유독 소년 같아 보였어요. 머리통이 동그란, 땀 냄새 나는 고등학생 같았죠. 물론 그런 모습도 그의 일부였고 난 그런 것도 사랑했지만요.

가끔 주한이 성가실 때나, 주한이 가진 순진한 선함이 답답하게 여겨질 때 나는 깊이 반성했어요. 남학교에 교생 실습을 다녀오며 더욱 반성한 것 같아요. 무례하고 멍청한 아이들이 괴물 같아 보일 때, 더러운 교실의 대걸레나 사물함 같은 것들이 지긋지긋할 때, 급식 시간이 끝난 후 학교 전체를 맴도는 짬밥 냄새에 토할 것 같을 때. 나는 대체 무슨 자격으로 아이들과 학교를 지겹다고 여기고 있는 건가. 멀리서부터 달려와 나를 건드리고 키득거리며 도망가는 아이나, 시도 때도 없이 교무실에 찾아와 매점 가서 맛있는 것 사 달라고 조르는 아이를 보며 경멸하는 마음이 들 때. 나는 짧은 교생 실습 기간 동안 내가 이미 타락했다고 생각했어요.

차렷, 경례. 고등학교 3학년 때 담임은 그따위 구호를 붙이지 말라고 했었죠. 여기가 군대도 아니고. 선생님이 그렇게 말했을 때 나는 남몰래 뜨끔했어요. 우리는 교련 교과를 수강한 마지막 세대였어요. 교련 선생은 퇴역 군인이랍시고 운동장에 애들을 모아 놓고 제식 같은 걸 시키고, 자신을 보면 90도로 고개를 숙여 인사하게 했던 영감이었죠. 그러면서도 붕대 감는 걸 연습하다 교실 바닥에 붕대를 떨어트리면 득달같이 달려와 주의를 준다는 핑계로 여학생들의 귓속에 손가락을 넣고 꼬집던 변태 같은 인간이었어요. 여기가 군대인 줄 아나 봐, 퇴역 군인 주제에, 더러워, 아이들이 그렇게 욕할 때 나는 마치 아빠 욕을 들은 듯 심란해졌어요. 정말 아빠도 교련 선생 하면 저렇게 되는 건 아닐까, 생각했던 것도 같아요.

첫 진로 상담 시간에 나는 하고 싶은 것도, 되고 싶은 것도 없다고 말했어요. 그냥 경영학과 갈래요. 거기가 문과에서 제일 좋다니까. 점수 맞춰 갈게요. 말하는 나를 담임은 노려봤어요. 너 용케 개근했구나. 학교 관두고 싶었던 적은 없었어? 말하는 담임에게 난 사실대로 이야기했어요. 가만히 있으면 졸업시켜 주잖아요. 귀찮게 뭐 하러 학교를 관둬요. 그냥 친구들 보러 오는 거예요. 담임은 그런 것치고는 성적도 꽤 좋구나, 하면서 다시 물었죠. 학교가 왜 싫은데? 나는 체육 시간 말고는 특별히 싫었던 것도 없었어요. 그냥 선생님들이 다우리를 개돼지 취급하는 게 보여서 짜증 나요. 담임은 내 손을 잡고 말했어요. 난 너희를 개돼지 취급하지 않아. 언제나 노력하고 있어. 너도 교사가 돼서 네가 그토록 싫어했던 교사들이랑 다른 사람이 되는 게 어때?

지금에서야 그게 얼마나 엄청난 일인지 실감해요. 언제나 노력하고 있어. 선생님의 그 말과 다짐이 얼마나 어려운 일인지. 교생 실습을 다녀오고 나서 나는 심각한 회의에 빠졌어요. 담임의 말에 따라 사범대에 갔고 임용 고시를 통과해 교사가 되는 건 당연한 목표였어요. 그런데 막상 아이들을 만나보자 자신이 없었어요. 아이들뿐만 아니라 교실의 풍경조차 싫었는걸요. 창밖에 보이는 운동장, 농구 골대, 뛰어다니는 아이들, 학생이 아니라 선생이 되면 다를 줄 알았는데 더욱 감당할 수 없었어요. 대충 빨아 구깃구깃한 더러운 걸레들과 먼지 쌓인 선풍기, 아무 데나 던져 놓은 체육복을 보면 욕지기가 치밀었어요. 어느 날 자습 감독을 하다 문득 교실 뒤편에 있는 거울을 봤어요. 피로에 찌든 히스테릭한 여자가 거기 있었죠. 남학교가 아니라 여학교에 가면 더 나을까, 생각도 했지만 아무래도 내게 자질이 없다는 확신이 들었어요. 실습이란 게 이런 거구나. 책상머리에 앉아 머릿속으로만 그려 왔던 이상과 다른 거였어요.

교생 실습이 끝나자 독서실도 가기 싫고 공부도 하기 싫어졌어요. 주한이 누나 오늘도 힘내, 미래의 훌륭한 영어 선생님이 되기 위해 파이팅, 따위의 문자를 보내면 핸드폰을 닫아

버렸죠. 독서실 책상 스탠드를 내리고 몇 시간 동안이나 엎드려 생각했어요. 남자 친구조차 넓은 마음으로 대할 수 없는 내가 어떻게 수많은 학생들을 상대하며 그들의 인생에 깊숙이 개입할 수 있단 말인가. 고민은 날로 더해 갔죠. 한 번 보고 헤어질 사이들도 아니고, 고3 때 담임이 내게 그랬던 것처럼, 나는 누군가의 기억에 결코 지워지지 않을 사람이 될 수도 있는데, 아름답게 남을 수 있을까.

그때부터였던 것 같아요. 지금껏 겁내 왔던 일들을 하나씩 시작해 보자, 내가 알고 있던 내가 아닌 다른 사람이 되어 보자, 마음먹었던 게. 나는 주한과 함께 수영을 연습하기 시작했어요. 주한은 갑자기 수영을 배우려는 목적이 뭐냐며 캐물었지만 그게 뭔지 나조차 잘 몰랐어요. 굳이 애써 도전할 필요가 없다고 생각하며 포기한 것들에 도전해 보자, 는 막연한 생각뿐이었죠. 내가 주한의 도전 의식을 순진하다고 생각하는 것만큼 주한은 나를 포기가 빠른 게으른 인간이라고도 생각했던 것 같아요. 누나는 근성이 부족해, 가끔 그렇게 말했죠. 수영을 가르쳐 주며 주한은 입버릇처럼 그 말을 했어요. 근성 부족. 근성 부족이야. 그래도 주한은 물속에서 나를 부드럽게 받쳐 주며 끈기 있게 가르쳐 주었어요. 자기도 모르게 신경질을 내면 곧바로 사과했고, 다시 해 보자, 누나는 할 수 있어, 라는 말로 끊임없이 격려해 주었죠. 하면 돼, 라는 말이 어느 순간 내 발을 들어 두둥실 몸을 띄워 주리라곤 생각지 못했어요.

그때 잊고 있던 일이 또 생각났어요. 아빠에게 농구를 배우다 호되게 혼난 날, 아저씨를 찾아갔던 것 말이에요. 처음이었어요. 아저씨와 아줌마가 함께 살던 집에 찾아간 일은. 렌털하우스에 무작정 찾아간 나는 인터폰을 누르고 기다렸어요. 나는 꼬질꼬질한 흰색 체육복을 그대로 입은 채 커다란 농구공을 껴안고 울고 있었어요. 아저씨는 겉옷을 걸치며 유나 왜 울어, 하고 나왔고 아줌마가 뒤따라 나왔어요. 아줌마를 그날 처음 만났죠. 유나구나, 네가. 아줌마는 반가워해 주었어요. 아줌마는 내가 들고 있는 농구공을 보며 인상을 찌푸렸어요. 유나 몸만 한 공을 들고 있네? 아빠가 준 농구공은 부대 체력단련실에서 가져온 거였어요. 무겁고 딱딱했고 비릿한 가죽 냄새가 코를 찔렀죠. 아줌마는 좀 더 작고 매끈한 농구공을 가져다주었어요. 마침 나도 운동하려고 얼마 전에 이걸 샀는데 잘됐다. 아저씨와 아줌마는 놀이터로 나를 데려갔어요. 거기 농구 골대가 있었죠. 아빠랑 같이 연습하던 연병장 농구 골대보다 훨씬 낮아 보여 안심이 됐어요.

체육 시간에 평가받을 자유투를 연습했어요. 아저씨는 골대 옆에 서서 팔 더 쭉 뻗고, 허리 펴고, 발꿈치만 들고! 외쳤고, 아줌마는 내 허리를 잡아 몸이 튀어 오르지 않게 도와주었어요. 아빠랑 연습할 땐 무거운 공이 자꾸 발밑으로만 떨어졌는데 신기하게도 공이 바스켓 근처까지 높이 날아올랐어요. 거봐, 재미있지? 아줌마는 내 허리를 꽉 잡아 주었어요. 유나야, 온다! 아저씨가 외쳤고 처음으로 공이 바스켓 안에 들어가던 순간.

오랫동안 그 일을 잊었고 아저씨와 다시 만난 후에도 한동안 전혀 떠올리지 못했어요. 그날 나를 데리러 온 엄마가 멀리서 지켜보고 있었다는 것도. 사모님 오셨어요. 아줌마가 멋쩍어하던 모습도. 유나야, 이 공 선물할게. 열심히 연습해서 좋은 점수 받아. 그렇게 가져온 농구공을 대학 때까지 간직하고 있었는데도 까맣게 잊어버리고 있었죠.

*

B항공사 로비에 앉아 그를 기다리며, 정근은 바쁘게 걸어가는 승무원들을 유심히 지켜보았다. 그중 누군가 유나가 되어 자신을 알아보고 다가오기라도 할 것처럼. 연보라색 블라우스에 크림색 치마. 올림머리를 하고 검은 구두를 신은 여승무원들. 무빙워크에서 막 내린 승무원들은 지금껏 자신을 밀어 온 컨베이어 벨트의 움직임을 추진력 삼은 듯 종종걸음으로 빠르게 걸어갔다. 정근은 살아 있는 유나가 유니폼을 입고 걷는 모습을 본 적이 없었다.

정근은 승무원이 되려면 어떤 과정을 거쳐야 하는지 인터넷으로 검색해 보았다. 유나가 살아 있는 동안은 애써 알아보고자 하지도 않았고 단 한 번 물어볼 기회도 없었다. 정근은 승무원들이 입사 지원 시 체력 테스트를 받아야 한다는 사실을 두고 갸우뚱했다. 항목에 수영 심사가 있었다. 유나는 물에 뜨지도 못하는 아이였다. 유나에게 수영을 가르치기 위해 애먹었던 옛날이 떠올랐다. 초등학교에 입학하기 전부터 근시 안경을 썼던 유나가 나안 1.0 이상이 되어야 합격하는 시력검사를 통과했다는 것도 의문스러울 뿐이었다. 고등학교 때부터 내내 안경을 쓰지 않았으니 시력교정술을 언제 받았는지 알 수 없었다. 유나에 관해서 제대로 아는 것이 얼마 없었다.

이 대령 부인이 소개했다는 최 모 기장은 정근의 열 기수 후배였다. 사관학교 시절을 같이 보내지도 않았고 동문회에서 본 적도 없었다. 그야말로 일면식도 없는 사이였다.

그는 모자를 벗고 허리를 굽혀 깍듯하게 인사했다. 아직도 절친한 선배인 이 대령의 부탁을 받아 나왔노라고 그는 깍듯한 와중에 분명하게 말했다. 정근은 이 대령이 여전히 이 대령으로 불린다는 사실에 소외감을 느꼈다. 이 대령은 자신의 사관학교 후배였지만 누구보다 빨리 승진해서 오랫동안 같은 계급으로 지낸 사이였다. 유나 장례식에서 그는 정근에게 한마디 말도 걸지 않았다. 정근은 최 기장과 마주 앉아 차를 마시다 어색하게 사관학교 기수와 마지막으로 근무했던 부대명을 댔다. 의미 없는 일이었다. 정근은 덧붙였다.

— 최근 사망한 홍유나의 아버지고요.

— 그렇습니까. 그 사원에 대한 이야기를 저도 전해 들은 바는 있는데. 안타깝게 되었습니다.

— 조종사와 객실승무원의 처지가 조금 다를 수 있다고는 생각됩니다만…….

거칠게 찻잔을 내려놓는 소리에 정근의 말이 멈췄다. 최 기장은 불편한 기색을 숨기지 않았다. 둥글고 선한 눈매를 가진 자였으나 눈빛이 매서웠다. 그는 정근을 쳐다보며 말했다.

— 선배님, 아니 아버님이라고 하겠습니다. 그 사원의 일은

안타깝게 생각하며 애도를 표합니다만 회사 차원으로 확대할 문제는 아니라고 봅니다. 이미 경찰 조사가 끝났고요. 아버님께서 탐정은 아니시지 않습니까? 회사와 관련해서 알고 싶은 게 많으시다기에, 저로서는 이 말씀 분명하게 드리려고 나왔습니다.

—제가 궁금한 것은 B항공사의 문제보다 그자가 누군가, 그겁니다.

—그자, 문제가 있었다는 김영훈 말입니까?

—그자가 조종사 노조 간부였다는 부기장입니까?

최 기장은 한숨을 쉬었다.

—그 친구, 저도 잘은 모릅니다. 홍유나 사원이랑 가깝게 지냈다고 하더군요. 업무방해, 명예훼손, 지시 불이행 등으로 회부된 적이 많다고 들었고 지금 정직 중이라고요. 워낙 문제를 많이 일으켰던 친구라, 조종사 노조 내에서도 말이 많다고 들었습니다. 사관학교 출신 대 비사관학교 출신으로 조종사 내부에 분열을 조장하고…….

—이만 알겠습니다. 제가 그 친구를 좀 만나 봐야겠어서요. 연락처만 좀 부탁드려도 되겠습니까?

최 기장이 아이패드를 꺼내 사내 인트라넷을 뒤적이는 동안 정근은 창밖을 봤다. 카페 통유리창 너머 활주로가 보였다. 비행기가 날아올랐다. 지상에서는 연보라색 점퍼를 입은

B항공사 스태프들이 분주하게 움직이고 있었다. 유나는 조종사 노조를 부러워했어요, 철용의 말이 떠올랐다. 최 기장은 연락처를 메모해 주며 다짐을 두듯 말했다.

— 아버님. 회사랑은 연관 지을 필요 없습니다.

*

　대학 때 읽은 책에 '5호담당제(五戶擔當制)'라는 말이 있었어요. 당시에도 눈에 띄어 잊지 못한 말이었는데, '북한의 전 세대를 5호씩 나누어서 가정생활 일체를 지도하도록 한 제도'라는 거였죠. 다섯 가구의 이웃조가 서로를 감시하는 거라고요. 우리 회사에도 그런 것이 있었어요. 팀원 중 한 명, 엑스맨으로 배치하여 평소 생활을 상부에 보고하도록 만든 '엑스맨 제도'요. 우리 팀에도 그런 사람이 있다는 이야기를 들었을 때, 나는 혹시 그게 나인가? 싶었어요. 내가 나도 모르는 사이에 엑스맨으로 지명되어 다른 사람을 감시하고 있었나? 그만큼 와닿지 않는 말이었어요. 우리 중 누가 그 역할을 수행하고 있었는지 짐작조차 할 수 없었고 섣불리 짐작하려 들지도 않았죠.

　아빠, 가장 가까운 사람들이 상처를 주는 것 같아요. 멀리 있는 사람들은 상처를 줄 수조차 없죠.

*

　유나의 고등학교 동창 중에는 대학에서 생명과학을 전공하고, 대학원 초파리 연구실에서 연구원 생활을 하는 친구가 있었다. 그녀가 도보순례 사전 스터디에서 제출한 아이디어는 유나에 의해 채택되었고, 둘째 날 실행하기로 계획되었다. 첫날 길에서 합류한 연구원 친구는 투덜거렸다.

　─준비물 잊어버려서 연구실에 다시 갔다 왔잖아. 괜히 하자고 했나 봐.

　그녀가 메고 온 배낭에는 5인분의 연구실 가운, 고글, 마스크 따위가 들어 있었다. 예정된 인원이 아니었던 철용 몫은 준비되지 않았고 철용은 오히려 잘됐다며 좋아했다. 유나는 연구원 친구의 등을 토닥였다.

　─네가 준 소중한 아이디어인데 어찌 포기할 수가 있겠어?

　둘째 날 동이 트자마자 일어난 유나는 숙소 부엌에서 주먹밥을 만들었다. 유나가 일어나는 기척에 주한도 따라 일어났다. 유나는 극구 눈 좀 더 붙이라고 했지만 주한은 거절하며 유나를 따라다녔다. 수녀에게 밥솥을 쓰겠다고 양해를 구한 유나는 구멍가게에서 구입한 쌀로 밥을 짓고, 거기다 챙겨 온 햇반을 합쳐 부지런히 주먹밥을 만들었다. 주한은 유나의 곁에서 일손을 돕는 틈틈이 유나의 목뒤를 주물러 줬다. 유나의 뒷목은 야위어 뼈가 툭 불거졌고 항상 단단하게 뭉쳐 있었다. 챙겨 온 비닐에 몇 덩이씩 나눠 담은 유나는 친구들을 깨웠고, 잠에서 덜 깬 친구들은 뒤척이며 불평했다. 주한은 유나를 따라 친구들을 깨우며 이부자리를 정리했다. 몸을 달팽이처럼 말고 결코 일어나지 않는 철용을 유나가 마구 걷어찼다. 철용의 머리카락은 마구 뻗쳐 보기 흉했다. 주한은 유나에게 귓속말했다. 어제는 브로콜리 같더니 오늘은 미나리 같아. 펌한 게 아니라 자기가 만지고 온 머리였단 말야? 유나는 주한의 옆구리를 치며 웃어 댔다. 어느새 잠에서 깬 철용이 부스스한 얼굴로 베개를 껴안은 채 둘을 노려봤다.

첫날 밤 숙소였던 성당을 나선 일행은 다시 한참 걸었다. 한여름이었지만 아침 공기가 차가웠다. 전날 새벽의 어둠처럼 파랗다고 주한은 생각했다. 걷는 내내 일행을 사로잡았던 모호한 빛이었다고 훗날의 주한 역시 생각했다. 한낮의 아지랑이처럼 아침 연무도 일행의 시야를 종종 가로막았다. 멀리 산이 보였고 가는 길 따라 논이 펼쳐지다 공사 중인 강이 나타났다. 공사 현장 다 왔다, 유나가 외치자 그때부터 연구원 친구가 앞장을 섰다. 일행의 손에 종이 가방이 하나씩 들려 있었다. 공사 현장이 가까워지자 연구원 친구가 일행을 돌아보며 지시했다. 자, 모두 입어 보자. 철용이 여전히 졸립다는 듯 하품을 했다. 철용에게 바짝 다가선 유나가 그의 양쪽 뺨을 두들겼다. 자, 정신 차리고. 유나는 철용의 머리카락을 쓰다듬고 어깨를 주물러 줬다. 주한은 슬쩍 유나에게 다가서 유나의 목뒤를 주물렀다. 옆에서 그 광경을 본 친구가 웃음을 터뜨렸다. 기차놀이하냐, 너네들. 철용은 머리를 흔들며 잠을 쫓았다. 국문과 친구가 가운을 입은 채 주저앉았다. 아, 왠지 술이 깨지 않아. 대자연 속에서 마시면 숙취가 없을 줄 알았는데. 주님이 노하신 건가. 유나는 국문과 친구의 팔을 잡아 그녀를 일으키고 옷매무새를 정리해 주었다.

— 예쁘다. 하얀 가운 잘 어울린다.

유나의 그 말을 떠올리면 동시에 공사 현장에서 울리던 사이렌 소리가 들린다. 시간 차를 두고 일어난 일이었지만 주한의 기억 속에서 그 말과 사이렌 소리는 거의 동시에 발생한다. 연구원 친구가 시키는 대로 하얀 가운을 입고 마스크를 쓰고 고글 따위를 낀 자신들을 발견한 인부들이 달려와서 소속이 어디냐, 누구 지시 받았냐, 따져 묻던 풍경이 있다. 여기서는 이 작전 실패야. 유나는 다시 일행을 진두지휘해 앞장서 걸어갔다.

한 번의 실패를 겪은 후 연구원 친구는 조사 나왔습니다, 능숙하게 말하며 공사 현장에 걸어 들어갔고 일행은 그녀를 따랐다. 애초의 계획은 실험복을 입고 공사 현장 근처에서 어슬렁대기만 해서 현장 인부들을 놀라게 하자는 것이었으나,

멀리서 실험복 무리를 발견하는 즉시 사이렌을 울려 대처하는 현장의 민첩함을 겪고 난 후 모두 기가 죽었다.

걷다 주저앉아 유나가 만들어 온 주먹밥을 나눠 먹으며 일행은 한동안 말이 없었다. 저들을 놀래 주려고 했는데 계속 우리만 놀라고 있잖아. 유나가 풀 죽어 말했다. 그래도 환경 검사를 한다는 제스처를 보내는 게 중요해. 여기서 포기할 순 없어. 연구원 친구가 결연하게 말했다. 주먹밥을 입에 욱여넣고 생수를 벌컥벌컥 마시던 철용이 뇌까렸다. 이거 좀 바보 같다. 막상 해 보니까. 인부들을 깜짝 놀라게 하는 게 무슨 의미가 있어? 연구원 친구가 철용을 노려보며 말했다. 그러니까 당신들이 하는 일이 지금 환경을 파괴하는 일이라고, 이렇게라도 알려 주는 게 중요하다고. 철용은 공연히 빈 생수병을 털어 보이며 대꾸했다. 공사장 인부들에게 알려 주면 뭐 하냐고, 글쎄. 그냥 먹고살자고 하는 짓인데 무슨 의미인지 생각하겠느냐고. 주한은 유나의 눈치를 살폈다. 유나는 아랫입술을 깨물며 아무 말도 하지 않았다. 주한은 멸치 가루와 깨소금, 단무지 조각을 섞어 열심히 주먹밥을 빚던 유나를 생각하자 속이 상했다. 유나는 친구들의 언쟁을 들으며 묵묵히 먹은 것을 정리하고 있었다.

그날은 모두 예민해져 있었다. 하늘색 티셔츠는 어제보다 더 많은 땀에 젖었고 서로에게서 조금씩 나쁜 냄새가 나기 시작했다. 이따 같이 빨래 좀 하자. 유나는 시무룩하게 말했고 주한은 고개를 끄덕였다. 그런데 누나, 빨래할 수 있어? 그런 것도 양해 구한 거야? 유나는 당연하지, 내가 누군데 그런 것쯤 미리 해 놨지, 으스댔다.

둘째 날 도착한 숙소는 지역 마을회관이었다. 사람들이 사는 동네로 들어서자 이상하게도 더 어두웠다. 늦은 저녁이 아니었고 해가 긴 여름이었는데도 어둑어둑했다. 노인들밖에 없는 건가, 이 동네는. 철용이 중얼거렸다. 관리 담당 아저씨가 일행을 맞으며 웃었다. 젊은 사람들 진짜 오랜만에 보네. 그래. 국토대장정 중이라고? 알아서들 쉬어요. 인사하고 돌아서는 일행의 뒤에다 대고 아저씨가 한마디 했다. 하이고들, 담뱃값도 안 나올 짓거리들 하고 있네. 젊을 때다. 철용이 에이 씨, 자기도 모르게 내뱉었고 유나는 그의 등을 토닥였다.

문간에서 연구원 친구는 피로가 몰려오는지 이마를 짚었다. 유나는 오늘은 이만 다들 쉬자, 친구들을 달랬다. 유나는 짐을 풀고 앉아 있는 친구들 사이를 지나다니며 걸레질을 했다. 주한은 연신 걸레를 빨아다 주었다. 홍유나, 대충 하고 자면 안 돼? 선풍기 하나를 차지하고 앉은 철용이 지껄였다. 유나가 이것만 좀 하고, 대꾸하자 철용은 대뜸 시비를 걸었다.

— 홍유나, 너 임용은 포기한 거냐?

유나는 걸레질을 하던 손을 멈추고 무릎을 꿇은 채 철용을 봤다.

─그 이야기를 왜 하는데?

─그렇잖아. 한창 임용 준비하느라 여력이 없던 애가.

─됐어. 내일 이야기해.

─뭘 내일 이야기해. 너 지금 임용 이야기, 하기 싫은 거
잖아.

─그만하라고. 알면.

─왜 포기하는데? 뭐 할 건데?

유나는 붙들고 있던 걸레를 집어 던지며 일어섰다. 주한은
유나가 던진 걸레를 주워 들며 눈치만 살폈다. 철용도 일어나
유나 앞에 다가섰다. 친구들 모두 일어나 둘의 눈치를 보며
어찌할 줄 몰랐다. 그만해, 그만, 친구들이 말리자 유나의 언
성이 높아졌다.

─내가 알아서 할 거야. 내 미래 상관 말고 너나 잘해.

─뭐? 상관 말라니, 그게 할 소리냐? 친구한테?

─철용이 너 여기 왜 왔냐?

─뭐야?

─너 너무 비협조적이고, 무슨 생각으로 우리랑 함께하는
지도 모르겠어. 이럴 거면 왜 온 거야? 매사 비관적이고. 미군
부대 갔다 오더니 변한 것 같다?

─갑자기 미군 부대 이야기가 왜 나와?

마주 보며 으르렁거리는 둘을 주한이 막아섰다.

— 형, 그만해요. 누나가 계속 고생하잖아요.

— 뭐? 너는 남자 친구라고 무조건 유나 편만 드냐?

— 그럼 알지도 못하는 형 편을 들까요? 그만하라고요.

철용이 대뜸 주한의 어깨를 쳤다. 주한의 몸이 휘청하자 유나는 얼른 팔을 잡았다. 주한이 철용을 노려보자 유나가 하지 말라는 듯 고개를 저었다. 주한은 유나의 눈을 피했다.

— 뭐 인마, 너, 형한테 공감하는 거야?

— 아, 이 형 진짜 웃기는 형이네. 이렇게 친구들 고생시킬 거면 빨리 집에 가요. 짜증 나게 굴지 말고.

주한이 걸레를 세차게 집어던지자 친구들이 한 발 물러섰다. 철용은 움찔하며 말했다.

— 너도 맘에 안 들어. 브로콜리라는 둥 미나리라는 둥 어디서 형한테 건방지게.

주한은 웃음을 터뜨렸다. 어이가 없어진 일행 모두 웃기 시작했다. 유나는 좀 전까지 일어난 일이 전부 장난이었다는 듯 큰 소리를 내며 웃었다. 유나는 철용의 손을 잡으며 말했다. 피곤해서 그래, 너도 그렇잖아? 우리 얼른 좀 뻗자. 철용도 멋쩍은 듯 피식 웃었다. 주한은 유나가 애써 그렇게 말하고 있다는 걸 알 수 있었다. 유나의 눈빛은 퍽 지쳐 있었다. 친구들의 이부자리를 정리해 준 유나는 정작 쉬지 못하고 하늘색 티셔츠를 모아 화장실로 갔다.

유나와 주한은 쪼그려 앉아 손빨래를 했다. 빨랫비누 거품이 몽글몽글 일어났다. 유나는 야무지게 비누칠을 하며 티셔츠를 빨았다. 유나는 주한에게 철용의 티셔츠를 던져 주며 이건 네가 빨아, 명령했다. 주한은 유나에게 물었다.

— 저 사람이랑 왜 친구 해?

— 귀엽잖아. 착한 애야.

— 안 귀여운데, 하나도.

— 너, 나를 안 믿어?

— 아니, 무조건 믿지.

— 그럼 그냥 또 믿어. 알고 보면 좋은 애야. 그런데.

— 그런데?

— 아무래도 군대 다녀와서 조금 변한 걸까?

유나는 빨랫감을 더욱 세차게 문질렀다. 비눗방울 몇 개가 피어올랐다 사라졌다.

— 주한아, 난 네가 군대 안 가서 좋아. 어쩔 수 없이 변할 수도 있다는 걸 생각하면 조금 무서워. 아니기를 바라지만.

— 아닐 거야. 전역한 지 그리 오래되지 않아서 좀 예민할 수는 있겠지.

— 사람을 그렇게 쉽게 치는 아이는 아니었는데.

주한은 대답하지 않고 열심히 철용의 티셔츠를 빨았다. 사권 지 얼마 되지 않았을 때, 주한이 어릴 적 받은 수술 때문에 군대를 면제받았다고 털어놓자 유나는 환하게 웃었다. 사귀는 도중 군대 때문에 잠시 헤어져야 하는 일이 없기에 좋아하는 줄로만 알았는데 그런 까닭만은 아니었다. 유나는 주한이 군대에 가지 않아도 된다는 사실에 진심으로 안도하고 있었다.

＊

　나는 더 이상 공동체라는 말에 어떤 기쁨도 위안도 느끼지 못할 것 같아요. 운 좋게도 나는 어린 시절부터 지금까지 공동체 안에서 가장 열등한 사람이 되어 보진 않았어요. 그래서 그 친구의 마음을 이해할 수 없었죠. 회사는 그녀에게 판매 실적을 올리지 못하면 매달 직접 300달러 정도 물건을 구매할 것을 요구했고, 팀원들에게 공동의 책임을 지게 하겠다고 윽박질렀다고 해요. 친구들에게도 엄마에게도 이야기하지 못한 게 있어요. 우리는 캐빈을 돌며 면세품을 팔아야 했어요. 내가 어릴 적 우리 집 생활용품은 거의 전부 PX에서 구입한 면세품이었죠. 나에게 '면세'라는 말이 이토록 지긋지긋한 말이 될 줄 정말 몰랐어요. 나중에는 '면세'라는 말만 들어도 고개를 저을 만큼 질려 버렸죠. 누군가에게는 기회고 삶의 즐거움이라는 '면세 쇼핑'이 한때의 우리에겐 끔찍한 단어가 되었죠. 그녀가 나를 음해한 까닭도 그 때문이었다고 해요.

　아빠, 나 비밀 이야기 할게요. 아빠에게 직접 이야기 못 하고, 조금은 비겁한 방식으로. 하지만 아빠가 언젠가 이 글을 읽을 날이 오리라 생각하고 쓰고 있어요. 지금 이 글은 어떤 비유도 아니고 정말로 아빠에게 보내는 편지예요. 읽어 봐 주세요.

영훈 아저씨와 나 사이에 규칙이 있었어요. 유나야, 뒤에
타라. 아저씨가 그러면, 나는 앞이 더 좋아요, 대답하며 조수
석에 탔죠. 그날도 여느 때와 다름없이 그랬습니다.

그날 아저씨가 운전한 차는 엄마 차였어요. 3월의 첫 번째
일요일이었습니다. 내가 중학교에 입학한 해, 중학생이 된 첫
달이었어요. 교복을 난생처음 입어 봤는데 설렜던 것과 다르
게 불편했어요. 스타킹도 거추장스럽고. 단발로 잘라 훤한 뒷
목에 닿는 블라우스 천의 감촉이 좋지 않아 기분이 나빴죠.
어차피 1년 후에 전학 갈 예정이었으니 오래 입을 교복도 아
니었어요. 빨간 체크무늬 치마와 남색 재킷, 같은 색의 리본,
왼쪽 가슴에 달았던 노란색 명찰. 언젠가 교복을 바꿔야 한다
고 생각하니 왠지 쓸쓸해졌어요. 엄마는 고등학교에 진학한
후에는 전학 갈 일이 없을 거라고, 그때부터는 아빠 혼자 전
근 다니실 거라고 이야기해 줬지만요. 무릎에 올려 둔 배낭을
물끄러미 보고 있자니 아저씨가 말을 걸었습니다.

중학생이 된 소감이 어떠니?

재미없어요. 초등학교 때랑 구조는 똑같은데 왠지 더 군대
랑 비슷해졌어요.

왜?

운동장이 연병장 같고 교실은 내무반 같잖아요. 빨간 모자
쓰고 다니는 체육 선생님이 세 명이나 있어요. 호루라기 목걸

이를 걸고요. 각자 매를 들고 다녀요. 숙련된 조교 같잖아요.

아저씨는 눈물 날 때까지 웃었어요. 아저씨가 너무 많이 웃어서 조금 무안했어요. 나는 아저씨가 웃음을 언제 그치나, 생각하며 힐끔힐끔 쳐다봤어요. 아저씨는 웃음을 멈출 듯하다가 다시 웃고, 멈출 듯하다가 다시 웃었어요. 눈물까지 흘리면서. 아이고 유나야, 너 때문에 정말 못 살겠다, 그러면서요. 나는 왠지 아저씨가 나를 놀리는 것 같아 조금 기분이 나빠져서 대답도 하지 않고 있었어요.

유나는 나중에 커서, 남자 친구가 군대 가면 어떨 것 같아?

군대 가면 헤어져야 되는 거죠? 보통은.

보통은 그렇지.

아저씨네처럼 부대 근처에서 같이 살 수는 없고요?

그건 결혼해서 그렇고.

난 군인이랑 결혼하지 않겠다고 엄마랑 약속했으니까 그럴 일은 없겠네요.

아저씨는 핸들을 꺾으면서도 또 미친 듯이 웃었어요. 왜 아저씨는 나만 보면 저렇게 웃을까, 그때쯤에는 심각하게 생각했던 것 같아요.

그런데 아저씨.

응?

아마 내가 크면 군대 없어지지 않을까요?

글쎄, 과연 그럴까?

군대가 없어지지는 않겠지만 일반인들이 강제로 군대 가는 건 없어지지 않을까요?

이번에 아저씨는 웃지 않았어요. 아저씨는 내 말에 대답해 주지도 않았어요. 아저씨 기분이 좋아 보이지 않아서 내가 말실수했나, 한참을 생각해야 했죠. 말실수가 맞았죠. 어떤 면에서는. 아저씨는 직업군인이 아니었으니까요. 아저씨야말로 징집된 일반인이었으니까요. 징집 대상자가 아니었다면 아빠의 종처럼 운전해야 할 일도 없었겠죠. 아저씨 군 복무에 대령 부인의 차를 운전하는 일까지 포함되어 있었는지 나는 아직도 모르겠어요. 그게 당연한 일인지. 대령 딸을 틈만 나면 태워 주는 일이 당연한 거였는지. 그것도 군 복무인 건지.

그날도 지은이를 비롯한 여러 친구들과 함께 현장학습을 하러 서울에 가야 했고 아저씨는 나를 평택역에 데려다주기로 했어요. 친구들과 12시 기차를 타고 서울에 가기로 했어요. 우리는 서울역과 남대문을 답사한 후 현장학습 보고서를 써서 제출해야 했죠. 중학교 국사 첫 과제였어요. 입학한 지 며칠 되지 않아 경황도 없는데 품이 많이 드는 과제를 받아 번거로웠고 화도 났어요. 엄마는 카메라를 꺼내 주며 잃어버리지 말라고 당부를 했죠.

친구들과 약속한 시각은 11시 30분이었어요. 여유롭게 만

나 기차표를 끊고 과자와 음료수도 사서 기차에 타야 하니까
요. 11시 28분에 우리 차는 평택역에 도착했어요. 잠깐 감았
던 눈을 뜨자 창밖에 평택역이 보였죠. 손목시계를 보니 시침
과 분침이 11시 28분을 가리키고 있었어요. 정확하게. 나도 일
찍 왔지만 지은이도 일찍 온 것 같았어요. 창밖 멀리 지은이
와 지은 엄마가 보였거든요. 지은 엄마가 지은이 배낭에 카메
라를 넣어 주고 있었어요. 지은이도 나처럼 단발로 자른 지
얼마 되지 않아 어색했어요. 앞머리를 동그란 핀으로 꽂고 있
었는데 마음에 들지 않았어요. 차에서 내리면 지은이에게 말
해 주고자 다짐했죠. 핀 꽂는 건 안 어울리니까 하지 말라고.
그런 생각 하고 있는데 아저씨가 핸들을 꺾었어요.

유나야, 잘 잡아.

아저씨는 차를 돌렸어요. 아저씨는 차를 돌려 평택역을 빠
져나갔어요. 아저씨는 속도를 자꾸만 올렸어요. 나는 눈을 질
끈 감았는데, 차가 어찌나 빨리 달리는지 마치 고공 회전하는
놀이기구를 탄 것 같았어요. 나는 조심스럽게 말했어요.

아저씨, 무서워요. 천천히 가요.

아저씨는 속도를 줄였고, 차는 다시 천천히 가기 시작했어
요. 눈을 뜨고 아저씨를 보니 울고 있었어요. 늘 웃기만 하던
아저씨가 소리도 못 내고 흐느껴 울고 있었어요. 아저씨 뺨에
흐르는 눈물을 닦아 주고 싶다고 생각했어요. 아저씨는 울면

서 말했어요.

유나야, 어디 가는지 안 물어봐?

아저씨가 알아서 가시겠죠.

나는 대답하고, 의자를 뒤로 젖혔어요. 사실은 조금 무서
웠어요. 그렇지만 그 말은 거짓이 아니었어요. 아저씨가 알아
서 가시겠죠. 언제나 그랬듯. 언제나 운전대를 잡은 사람은 아
저씨였는걸요.

*

　―단 한 번도 뒷좌석에 앉은 적이 없어, 그 애는.

　그 시절 영훈과 혜진은 유나에 대해 이야기하는 걸 좋아했다. 유나 이야기가 나오면 끝날 줄을 몰랐다. 혜진은 귀가하는 영훈에게 오늘은 유나 봤어? 인사처럼 물었다. 대령의 운전병으로 배치되어 근무한 2년 반 내내 유나는 영훈 부부의 기쁨이었다. 유나가 농구공을 들고 렌털하우스에 대뜸 찾아오던 날부터. 대령 부인의 흰색 포텐샤가 보이면 혜진의 가슴이 뛰었다. 영훈이 그 차를 운전할 경우 대부분 조수석에 유나도 타고 있었다. 운전 중인 영훈이 창문을 열어 인사하는 일은 결코 없었지만 조수석에 탄 유나는 항상 인사를 했다. 창문을 열고 아줌마! 외치며, 함박웃음을 지으며, 팔을 창밖으로 뻗어 손을 흔들었다. 영훈이 주의를 주는지 창문은 곧 닫히고 말았지만. 그런 모습을 보고 나면 혜진의 가슴이 충만해졌고 어떤 일이 있었든지 다시 하루를 살아갈 힘을 낼 수 있었다.

　영훈은 혜진에게, 유나와 자기 사이에 어느새 만들어진 규칙을 설명했다. 어차피 뒤에 안 탈 걸 알면서도, 유나야 뒤에 타라, 말하고, 유나는 앞이 더 좋아요, 대답하며 조수석에 타는 것이다. 대령이 보는 앞에서 자연스럽게 뒷좌석에 올랐다 조수석으로 바꿔 타던 일화를 이야기할 때 혜진은 가슴 아파했다. 너무 조숙한 거 아냐, 불쌍하게. 혜진은 안타까워했다.

유나가 아니라 다른 애였다면 어땠을까. 영훈은 가끔 생각해 보곤 했다. 대령의 딸이 유나 같은 아이가 아니라 만약 그 모든 것을 너무나 당연하게 생각하는 아이였다면. 그 애가 학교에 가고, 학교에서 돌아오고, 학원에 가고, 학원에서 돌아오고, 친구들과 놀이공원에 가고, 숙제를 하러 극장에 갈 때도 나는 졸음을 쫓으며 운전대를 잡았잖아. 그런데 당연하다는 듯 뒷좌석에 올라, 오늘은 왜 이렇게 늦었어요? 아빠한테 이를 거예요, 아저씨? 이따위 소리를 지껄이는 아이였다면.

유나에 대한 애정이 깊어질수록 그런 상상을 하는 순간이 많아졌다. 유나가 영훈 부부의 기쁨인 까닭은 오로지 그 아이가 유나이기 때문이었다. 대령 딸을 태우고 다니는 일이 당연한 일일 수는 없었다. 하지만 상근이자 고위 간부의 개인 운전병이라는 보직은 분명 수많은 이들의 부러움을 사는 자리였다. 영훈도 그걸 잘 알고 있었다. 대령 부인 지숙은 영훈을 볼 때마다 혜진의 안부를 물었고 종종 반찬거리와 간식거리를 들려 주었으며 가끔 용돈을 쥐어 주었다. 다정한 여자였다. 대령은 신 같은 존재였으므로 때때로 그가 내뱉는 폭언이나 작은 실수에도 차에서 내리게 한 후 정강이를 걷어차는 일에는 특별한 악감을 갖지 않았다. 애초에 그런 것이 당연히 군 생활이었다. 자신은 여느 일반 병사에는 비할 수도 없는 혜택을 받고 있었다. 그것도 공군 기무부대 장교인 혜진의 이모부가 아니었다면 불가능한 일이었다. 또한 자신이 그 이름 모를 처이모부의 처조카사위인 덕에 대령으로부터 어느 정도는 온건한 대접을 받고 있다는 것도 영훈은 잘 알고 있었다.

전역을 3개월 앞두고 있었다. 3개월 후에는 렌털하우스를 정리하고 부대를, 평택을 아예 떠나 새로운 지역에서 삶을 시작할 것이다. 이곳에서 있었던 모든 일을 잊어버리고 새 삶을 시작할 것이다. 혜진과 함께. 영훈은 유나를 평택역에 데려다주며 생각했다. 전부 다 잊어버리자. 다 잊어버리자. 조수석에 앉은 유나는 배낭을 물끄러미 보고 있었다. 당시 유행하던 커다란 백팩이었다. 진한 자줏빛 배낭은 유나가 메기에 아직 너무 컸다. 당시 중고등학생은 전부 그 가방을 메고 다녔지만 유나에게는 어울리지 않는다고 영훈은 생각했다. 그러나 언젠가 유나의 키도 더 크고 단발에도 길이 들고 교복 입은 모습이 익숙해지면 저 커다란 자줏빛 배낭도 어울려 보일 것이다. 그런 날도 올 것이다. 문득 3개월 후 유나와 헤어진다는 사실에 상실감이 들었다. 여름 교복을 입은 모습을 볼 수 있을까. 여름에는 앞머리를 올려 핀을 꽂고 다닐까. 여름 체육복은 또 어떤 모양일까. 영훈은 상념에 사로잡혀 있다 유나에게 물었다.

─중학생이 된 소감이 어떠니.

유나는 재미없다, 고 간단히 대답하더니 곧 학교가 군대 같다고 덧붙였다. 그 또래 보통의 여자아이들이라면 하지 않았을 생각이었다. 연병장을 돌며 훈련받는 병사 아저씨들이나, 자전거를 타고 돌아다니는 얼굴이 까맣고 하얀 미군들을 수없이 봐 온 유나였다. 그런 유나의 운명을 생각하면 왠지 조금 슬퍼졌다. 혜진이 자신의 사촌 언니를 보는 것 같다고 했다. 곧 장군으로 승진을 앞두고 있는 혜진 이모부의 딸. 그녀도 어린 시절부터 부대에 살았고 혜진에게 편지를 보내올 때면 부대 주소를 썼다. 편지지와 편지봉투도 군대식이었다고 말하며 혜진은 웃었다. 거기 자기가 요즘 짝사랑하게 된 같은 반 남자아이에 대한 이야기가 적혀 있는데, 꽃무늬 별무늬 스티커가 붙어 있는데, 배경에는 대한민국 공군 마크가 있는 거야. 얼마나 짠해. 유나도 그럴걸. 영훈은 혜진의 말을 떠올렸다. 유나의 자줏빛 배낭이 왠지 국방색 침낭처럼 보였다. 소녀 취향의 귀여운 배지나 인형을 달아 주고 싶었다. 유나는 뭘 좋아할까, 혜진이라면 알 것도 같았다.

혜진이라면 유나가 어떤 인형을 좋아하는지, 어떤 캐릭터를 좋아하는지 전부 알 것 같았다. 영훈은 갑자기 견딜 수 없었다. 화장실 문을 잠그고 결코 열어 주지 않던 혜진을 설득하다 망치로 문을 부수고 들어갔을 때, 변기 앞에 무릎 꿇고 앉아 있던 혜진의 얼굴은, 분명 사람의 것이 아니었다. 자신이 알아 온 아내의 얼굴이 아니었다. 허옇게 질린 혜진의 얼굴은 마치 석고상 같아서 손을 가져다 대면 우수수 부서져 버릴 것 같았다.

며칠이 지났지만 혜진은 여전히 그런 얼굴인 채로 눈을 결코 감지 않고 가만히 누워 있었다. 혜진은 잠들지 못했다. 영훈이 억지로 눈꺼풀을 닫아 주었지만 기어이 혜진은 번번이 눈을 떴다. 누군가 성냥으로 눈꺼풀을 고정해 놓은 양 시퍼렇게 눈을 뜨고 혜진은 누워 있었다. 물경 며칠간. 당연히 영훈 자신도 잠을 잘 수 없었다.

유산하던 날 혜진은 밤새 영훈에게 호출을 했다. 단 한 번도 그런 적이 없던 혜진이라 걱정된 영훈은 대령에게 집에 좀 가 봐야겠노라고 사정을 했다. 대령은 영훈의 따귀를 때렸다. 장성들이 모인 술자리에서 버릇없이 무슨 짓이냐고 대령은 호통을 쳤다. 말 그대로 장성들이 둘러앉은 테이블에는 단 한 번 껴 보지도 못한 운전병들은 그들만의 테이블에서 한숨을 쉬었다. 호출기가 쉴 새 없이 울렸다. 집 전화번호와 다급함을 알리는 8282가 번갈아 호출기 액정에 떴다. 일면식도 없던 모 준장의 운전병이 영훈을 걱정했다. 아이고 아저씨, 집에 큰일 있는 거 아닙니까. 이걸 어쩐답니까. 영훈은 발을 동동 굴렀다.

렌털하우스에 도착한 후 자신들의 집인 201호에 들어서는
길이 너무나 길게 느껴져 영훈은 쉼 없이 욕지기를 뱉었다.
건물 중앙현관에서 비밀번호를 누르고, 다시 각 층 중앙현관
에서 비밀번호를 누르는 일련의 과정에 욕이 치밀었다. 애초
에 군대에다 여기 전부 말단 병사들만 사는데 무슨 지랄맞은
보안은, 영훈은 혜진이 살기 안전하다고 좋아했던 일을 잊고
그렇게 생각했다.

— 유나야, 아줌마 보러 갈래?

조수석을 뒤로 젖히며 긴장을 풀려 애쓰는 유나에게 영훈
은 말했다. 자신이 지금 무슨 짓을 하는지 알 수 없었다.

*

— 김 병장 부인이랑 같이 있었는데, 이걸 어떻게 설명할
거야?

둘러앉은 부인들이 지숙의 대답을 기다리고 있었다. 지숙
은 오랜 시간이 흐른 후에도 그날의 풍경을 바로 어제 겪은
일처럼 또렷하게 기억했다. 당시 소파는 하얀 배경에 파란 꽃
무늬가 수놓아진 체코식 디자인의 천 소파였다. 소파 테이블
한가운데 포도송이 모양 액자와 꽃병이 놓여 있었다. 포도송

이 알알에 각양각색인 유나의 사진이 들어 있었다. 두 돌이 지나 머리를 양 갈래로 묶은 유나, 노란 유치원 모자를 쓴 유나, 걸스카우트 갈색 베레모를 쓴 유나, 기타큐슈 캠프에서 흰색 야구 모자를 눌러쓴 그늘진 얼굴의 유나. 어쩌다 보니 모자를 쓴 사진이 많았다. 지숙은 쏟아지는 질문에 대답할 생각도 않고 멍하니 상념에 젖어 있었다.

─유나 엄마, 우리가 모르면 모르겠는데, 알고도 모르는 척 할 수가 있겠느냐고.

─지은 엄마, 뭘 아는데?

지숙은 힘없이 미소를 지었다. 지은 엄마가 황당하다는 듯 실소를 터뜨렸다.

─유나가 서울 간다고 나가서 며칠간 집에 안 들어왔고, 학교도 안 나왔어. 유나 엄마는 애 없어진 줄 알고 전전긍긍 했고. 김 병장이 뭐라고 거짓말했어, 유나가 학교에 양해 구하고 며칠 동안 서울에 있는 사촌네 다녀온다고 그랬다고 했잖아. 그런데 김 병장네가 데리고 있었던 거야, 그동안. 이게 어떻게 된 일이냐고.

─유나가 그랬잖아. 가출했다고. 아빠 있는 동안은 차마 못해서 출장 간 동안 김 병장네 도망가 있었다잖아. 그게 다야.

─유나가 가출할 애야? 그걸 어떻게 믿어?

─그럼 뭐겠어. 김 병장네가 우리 유나를 납치하기라도 했

다는 거야?

— 아니, 그렇게 생각할 수밖에 없지 않아, 우리로서는?

— 나로서는 김 병장네가 유나를 납치했다는 것보다 유나
가 가출했다는 게 훨씬 더 신빙성 있는 일이야. 자기들도 잘
생각해 봐요.

부인들은 고개를 절레절레 흔들었다. 더러 한숨을 쉬며 혀
를 찼고 지숙을 노려보다 그만두었다. 도저히 이해가 안 되네,
나는, 운전병 편드는 거야, 뭐야, 부인들은 대놓고 수군거렸다.
부인들은 더 있을 이유가 없다며 일제히 집에 돌아갔다. 부인
들이 떠나간 거실에 홀로 앉은 지숙은 머리가 몹시 아파졌고
손까지 떨려 와 신경안정제를 한 알 삼켰다.

— 엄마, 아줌마는 지금 엄청 아파요. 엄마가 가서 살펴봐
주었으면 좋겠어요.

유나는 아침 등굣길에 그렇게 요구했다. 엄마, 부탁해요. 유
나는 단호하게 말하고 돌아섰다. 유나의 자줏빛 학교 배낭에
못 보던 인형이 달려 있었다. 샛노란 스마일 인형이었다. 눈과
입이 단출하게 그려졌지만 누가 봐도 환히 웃고 있는 듯한 동
그란 스마일 캐릭터 인형. 유나가 좋아하는 캐릭터였다. 유나
의 침대에는 크고 작은 스마일 인형이 여러 개나 놓여 있었
다. 다이어리나 편지지, 필기 노트에도 스마일 캐릭터 일색이
었고 간단한 메모를 할 때도 스마일 캐릭터를 그려 넣는 습

관을 갖고 있었다. 유나는 자기 손가락에도 때때로 웃는 눈과 입을 그려 넣고, 손가락 살갗을 조여 빨갛게 만든 후 웃다 화났다며 장난치곤 했다.

지난 일요일까지만 해도 없었던 인형이었다. 유나는 3일간 실종 상태였고, 어제 돌아왔다. 어젯밤 지은 엄마의 손에 이끌려서. 사색이 된 지은 엄마는 유나의 어깨를 붙들고 있었다. 정작 유나의 표정은 아무 일도 없었다는 듯 덤덤했다. 유나 엄마, 일단 애하고 이야기 나눠 봐요, 손수건으로 이마를 훔치며 지은 엄마는 집에 돌아갔다. 지숙은 유나를 소파에 앉힌 후 찬찬히 아이를 살폈다. 유나는 꼼짝 않고 앉아 있었다. 일요일에 현장학습을 간다고 나가던 차림 그대로였다. 하얀 셔츠에 청치마, 하얀 반스타킹을 신고 있었다. 3일이 지났는데 셔츠와 스타킹이 나가던 차림 그대로 깨끗했다. 단발머리도 깨끗했고 앞머리는 방금 미용실에 다녀온 것처럼 둥글게 말려 있기까지 했다. 지숙은 아이를 자세히 살펴보며 물었다.

─앞머리 누가 해 준 거야?

─아줌마가 해 줬어요. 이게 더 잘 어울린대요.

─스타킹은 빨아 신었어?

─네. 스타킹이랑 셔츠는 아저씨가 빨아 줬어요.

─그동안은 뭐 입고 있었어?

─아줌마가 입을 거 줬어요. 예쁜 것들만 골라서. 갈색 원

피스랑 분홍색 트레이닝복 같은 것. 나한테도 잘 어울린다고 했어요.

— 빨래는 아줌마가 안 하고 아저씨가 한 거야?

— 네, 아줌마는 지금 엄청 아프거든요.

— 왜?

— 엄마 몰라요?

— 뭘?

— 며칠 전에 아기 유산했다잖아요.

— 그러니? 전혀 몰랐어.

— 어떻게 그것도 몰라요? 아줌마 배부를 때까지 불러다 일 시켜 놓고.

— 유나야.

— 그렇게 부려 먹고, 힘든 일 있을 때는 모르는 척해요?

유나는 곧 죄송해요 엄마, 하고 눈을 내리깔았다. 머리가 지끈거려 앉아 있기도 힘들 지경이었지만 지숙은 질문을 이어 갔다.

— 아저씨네 집에 왜 간 거야? 왜 엄마에게 연락하지 않았어?

— 죄송해요.

— 유나야, 아저씨네 집에 있다고 말만 해 주면 되는데, 왜 그러지 않았어?

— 엄마, 죄송해요.

— 혹시 아저씨랑 아줌마가 집에 연락 못 하게 했니?

— 아니에요. 엄마, 아저씨랑 아줌마는 잘못 없어요. 내가
가자고 한 거예요.

그 순간 지숙은 유나가 거짓말을 하고 있다는 사실을 알아
차렸다. 예단하지 않으려 했으나 분명해지는 사실에 등골이
오싹해졌다. 왜? 머릿속이 의문으로 가득했다. 유나는 아랫입
술을 잘근잘근 씹었다. 유나는 스타킹을 말아 접어 내렸다.
긴장한 모양이었다.

— 엄마, 내가 가출한 거예요.

유나는 스타킹을 벗으며 강조했다.

— 중학교에 입학하니 적응도 안 되고 힘들었어요. 다시는
그러지 않을게요. 잘못했어요. 그리고 엄마, 나 이제 이런 스
타킹은 신지 않을래요. 아이 같기도 하고 너무 답답해요. 이
제 옷 골라 주지 마세요. 내가 알아서 입을게요.

둘러대는 유나의 말 중 어떤 것이 진심이고 거짓인지 분간
할 수 없었다. 그러나 영훈 부부가 유나를 당분간 납치했었다
는 것만은 분명했다. 지숙은 유나에게 더 이상 묻지 않았다.

지숙이 영훈 부부가 사는 렌털하우스에 찾아간 것은 처음
이었다. 혜진은 절뚝이고 있었다. 지숙은 그런 혜진을 보자마
자 숨이 막힐 듯했다. 임신 8개월째 유산, 상상할 수 없는 고

통이었다. 8개월이라면 얼마든지 태어나 건강하게 자랄 수도 있었다. 그즈음이라면 유산이 아니라 죽은 아이를 낳는 사산이었다. 자꾸 일어나 앉으려는 혜진을 자리에 눕히며 지숙은 조심스럽게 물었다.

—무슨 일이 있었던 거죠?

—사모님, 정말 죄송합니다. 유나는…….

—아니, 유나 말고, 아기 말이에요.

혜진은 울음을 터뜨렸다. 혜진은 연신 죄송하다고 말하면서도 울음을 멈추지 못했다. 지숙은 혜진의 울음이 멎을 때까지 말없이 기다렸다. 그동안 지숙은 그들이 사는 공간을 눈으로 둘러보았다. 7.5평이나 될까, 렌털하우스 각호에는 병사들이 독신으로 거주하고 있었다. 혼자 살기 적합한 공간이었다. 인테리어는 최신식이었고 깔끔했으나 비좁은 공간인 것은 어쩔 수 없었다. 그 공간을 쪼개 부엌을 만들었고, 거실을 만들었고, 침실을 만들었다. 그러다 보니 구획의 의미 없이 부엌은 거실이었고 거실이 곧 침실이었다. 이런 곳에서 아이도 낳아 키우려 했었다, 이들은. 한구석에 태어날 예정이었던 아이 물건이 벌써부터 가득이었다. 아기 침대 위에 기저귀가 쌓여 있었고 침대 옆에 보행기도 있었다. 가득 쌓인 기저귀에 치이고 있었지만 아기자기한 모빌이 지숙의 마음을 아프게 했다.

—아이는 또 가지면 돼요.

가뜩이나 퉁퉁 부은 혜진의 얼굴이 눈물에 젖어 더욱 부어 보였다. 혜진은 잠긴 목소리로 네, 하고 대답했다.

— 자기 몸 걱정해요. 미역국은 먹었어요?

— 신랑이 열심히 먹을 거 해 주고 있는데, 미역국은 아직…….

— 애 낳은 건데 미역국은 먹어야지. 그럴 줄 알고 내가 끓여 왔어요. 밥 안 먹었죠? 지금 먹어요.

— 고맙습니다. 사모님. 그리고 유나…….

지숙은 다 듣지 않고 일어나 챙겨 온 국과 찬들을 꺼내 밥상을 차렸다. 영훈 부부의 살림을 보니 한숨이 났다. 마음 같아서는 찬장부터 뒤집어 전부 말끔히 씻어 주고, 정돈해 주고 싶었다. 아예 다 버리고 새로 해 주고 싶었다. 이 빠진 컵 같은 건 버리고 낡은 행주도 미련 없이 버리라고 말해 주고 싶었다. 짝이 맞지 않는 젓가락은 왜 이렇게 많은지, 눌은 플라스틱 용기며 김치 물이 든 도마며 지저분하기 짝이 없는 상부장 안쪽이며 기름때가 눌어붙은 환풍기며……. 영훈과 혜진은 둘 다 부모가 없었다. 지숙은 그 사실을 떠올렸다. 지금 자기가 친정 언니나 엄마가 되어 혜진의 살림에 마음 편히 개입할 수 있다면 차라리 나을 것 같았다. 그렇다면 미련하게 쌓여 있는 아기 물건들부터 정리해 줄 것이다. 계속 보면 마음만 아플 거였다. 옷장에 빈 공간을 만들어 넣어 주고 싶었다.

지숙은 결국 그렇게 했다. 옷장을 열어 보니 그곳도 정리가 제대로 되지 않아 결국 손에 닿는 것들만 치우고 아기 물건을 정리해 넣어 주었다. 누워 있는 혜진 옆에서 청소한다고 부산을 떨 수도 없었다. 지숙은 문득 깨달았다. 어차피 이 사람들, 3개월 후에 떠나는구나. 자신이야 1년을 살든 2년을 살든 공들여 집을 꾸미고 정리하며 살았지만 간호조무사로 일하는 혜진에게는 그런 삶이 불가능할 것이다. 지숙은 정리를 마치고 앉아 비로소 혜진에게 물었다. 지숙이 온 지 몇 시간이 지나니 혜진도 조금 편안해진 것 같았다.

—우리 유나, 뭐 하고 지냈어요? 평소에 아줌마 좋아했잖아요. 귀찮게 안 했어요?

—귀찮게는요, 사모님. 유나가 있어서 조금 나을 수 있었어요. 원랜 죽을 생각만 했거든요.

—자기들 사는 것도 바쁘고 버거운데 말만 한 애가 여기 비집고 있는 거 괜찮았어요?

—그럼요. 유나가 있어서 저희는 좋았어요.

—그래요. 그동안 나는 미쳐 버리는 줄 알았는데.

—사모님.

—뭐라고 하는 거 아니에요. 정말로 그랬다는 거예요.

—죄송합니다.

—유나 왜 데리고 왔어요? 유나 데려다 키울 것도 아니고.

학교 다녀야 되는 애를 학교도 안 보내고. 왜 그랬어요?

　—죄송해요. 사모님. 저희 왜 그랬는지 모르겠어요. 처음에 신랑이 데리고 왔을 때는 돌려보내라고 난리 쳤어요, 제가. 그런데 유나가 저한테 서운하다고 하는 거예요. 아줌마 보러 왔는데 가라고 한다고. 월요일인데 학교 가야지, 했더니 아줌마 좀 더 보고 간대요. 아저씨가 아줌마 보러 가자고 했다고. 조금만 더 있겠다고……

　지숙은 말없이 일어나 설거지를 했다. 먼지를 털어 내고 걸레질을 했다. 몇 번을 청소해도 성에 차지 않겠지만 보이는 곳만큼은 해 주고 싶었다. 혜진은 눈으로 지숙을 좇으며 가만히 누워 있었다. 걸레질을 하다 보니 텔레비전 옆에 커다란 성모상이 있었다. 먼지가 내려앉아 있었지만 걸레질을 해도 되는 건지 몰라 망설이다 그냥 두었다.

　—성당 다녀요? 그것도 몰랐네.

　—네, 병원 가까운 데 송탄 성당이 있어요. 여기 살면서부터는 거기로 다녔어요.

　—기도 많이 했겠어요.

　혜진의 눈시울이 다시 붉어졌다.

　—나, 오늘은 이만 갔다 다시 올게요. 약 챙겨 먹고, 냉장고에 국이랑 반찬 넣어 놨으니 김 병장 오면 차려 달라고 해요. 몸 잘 챙겨요.

관사로 돌아오는 짧은 시간 동안 지숙은 눈물을 떨구지 않기 위해 부단히 노력했다. 젊은 병사들 얼굴이 전부 영훈으로 보였다. 지숙은 유나가 중학교를 졸업할 때까지 내내 아침마다 앞머리를 둥글게 말아 주었다.

*

아빠는 아직 몰라요.

당연하겠죠. 나도 엄마도 이야기한 적 없으니까.

아빠가 출장 간 그해 3월 둘째 주, 내가 3일 동안 우리 집을 잊고 아저씨네 집에 머물러 있었다는 걸.

아저씨는 휴가 중이었지만 나가서 일을 보고 저녁에나 들어왔고, 아줌마는 죽은 사람처럼 계속 잤어요. 내가 오기 전까지는 조금도 잠을 못 잤다고 하면서요. 유나가 있는데 계속 잠만 온다고 부끄러워했고, 미안하다고 했어요. 그동안 못잔 잠을 몰아서 자는 것 같다고 하면서요. 고양이처럼 그릉그릉 코를 골았어요. 코 고는 소리는 어쩌다 한 번씩 멈췄는데 그럴 때마다 아줌마가 죽은 건 아닐까 걱정되어 코밑에 손을 가져다 대 보기도 했어요. 자다 깨면 내 손을 잡고 배시시 웃다 눈물 흘리기를 반복했어요. 아줌마 정신이 들면 같이 오락프로도 보고 실뜨기도 했어요. 영화나 만화책 제목을 서로 맞춰 보는 빙고 게임도 하고.

아줌마는 어렸을 때 이야기도 해 주었어요. 어릴 때 계룡대에 있는 사촌 언니네 잠시 맡겨져 있었대요. 사촌 언니의 아버지는 아빠처럼 군인이었는데, 무척 다정한 분이었다고 했어요. 당시 우리 집처럼 이층집 관사에 살았는데, 이층으로 올라가는 계단참에서 이모와 이모부를 훔쳐보곤 했대요. 아줌마네 부모님은 먹고사는 문제로 날마다 싸웠고 단 하루도 다정하지 않았대요. 커플 잠옷을 입고 웃으며 대화를 나누는 이모네 부부를 훔쳐보며 저 사람들의 자식이 언니가 아니라 나라면 얼마나 좋을까, 생각했다고 해요. 이모부는 군인인데, 것도 간첩 잡는 부대 장교라는데 왜 총이나 칼이나 대포 같은 것은 구경도 못 해 본 사람처럼 온화하고 다정한지 의아했다고 해요. 사촌 언니와 욕조에서 목욕하며 물어봤대요. 이모부는 총 쏘는 일 안 해? 사촌 언니가 갑자기 그게 무슨 소리냐며 화를 내서 아줌마는 영문을 몰랐는데, 알고 보니 '청소하는 일'로 잘못 들었던 거였대요. 유나야, 정말 웃기지 않니? 아줌마는 힘없이 웃었어요. 엄마가 나를 데려가지 않고 이대로 여기 살았으면, 하고 아줌마는 생각했대요. 계룡대 이모부 관사에 맡겨진 한 달 동안. 그런데 어쩔 수 없이 다시 집에 가고 말았대요. 이모부가 너무 바빠졌기 때문에요. 그땐 곧 전쟁 나는 줄 알았대요. 뉴스에서도 곧 전쟁이 터질 것처럼 날마다 시끄러웠다고 하니까요. 머리 벗겨진 대통령 아저씨도 군인 출신이었대, 그래서 전쟁을 좋아했는지 늘 전쟁 난다고 겁주었다니까. 아줌마가 그랬어요. 만약 정말 전쟁이 나는 거라면 군인인 이모부네 집에 있는 편이 훨씬 안전할 텐데, 저녁 늦도록 아무도 없는 자기 집에 돌아가야 하는 게 너무 무섭고 불안했대요.

그런 이야기를 듣다 보면 시간 가는 줄 몰랐어요.

아줌마는 내게 사과를 예쁘게 깎는 방법도 알려 줬고, 실 뜨기 요령도 가르쳐 줬어요. 그러다 다시 잠들곤 했는데, 아 줌마가 갑자기 잠들면 나는 아줌마 얼굴을 자세히 봤어요. 뺨이 복숭아처럼 붉었는데 핏줄이 터진 것처럼 보였어요.

아줌마가 자는 동안 책가방 안에 있던 맨투맨 영어 문제집 과 수학의 정석을 놓고 공부를 하기도 했어요. 앉은뱅이책상 위에 아저씨가 보던 책이 있었어요. 아세테이트지로 말끔하게 포장되어 있었지만 낡은 책이었죠. 제목을 알고 싶었지만 한 자로 되어 알 수 없었어요. 내가 알기에는 어려운 한자였거든 요. 검은 고딕체로 쓰인 한자를 더듬더듬 읽어 봤지만 맨 앞 두 글자, '韓國'밖에 읽지 못했죠. 나는 노트에 한자로 된 책 제목을 베껴 적었어요. 아저씨와 아줌마는 책을 소중히 여기 는 것 같았어요. 집 안에 있는 다른 물건들은 먼지투성이인 것도 많았고 아무 데나 대충 놓여 있었지만 몇 권 안 되는 책 들만큼은 모두 포장되어 가지런히 꽂혀 있었거든요.

월요일이 되었는데 집에도 학교에도 가지 않았고, 화요일에 도 가지 않았어요. 집에 늦게 들어가 본 적도 없었는데. 아빠 는 주말에나 돌아온다는 걸 알고 있었지만 엄마가 나를 찾을 까 봐 뒤늦게 걱정됐어요. 이상하죠. 엄마 생각도 하지 않았어요. 아저씨가 이만 집에 가자, 하며 배낭을 챙겨 줄 때도 괜찮을 거라고 하며 일어나지 않았어요. 언제까지나 여기 있을 수는 없는데, 생각했지만 사실 아저씨가 걱정되었어요.

그대로 집에 가면 아저씨가 어떻게 될 것 같았거든요.

아저씨 전역도 얼마 안 남았는데 뭔가 큰일 날 것 같았어요. 애써 생각하지 않으려 해도 평택역에서 돌아 나오며 속도를 올리던 아저씨의 이상한 모습이 자꾸 떠올랐어요. 울고 있던 것도요. 아저씨는 그 순간 기묘한 충동에, 그래서는 안 되는 잘못된 충동에 사로잡혀 있었던 거예요. 나는 어렴풋이 그걸 이해했어요. 아저씨는 화요일 저녁에 노란 스마일 인형을 사 왔어요. 내 가방에 달아 주며 말했죠. 유나야, 아저씨를 용서해 줄래? 빨래 건조대에 내 셔츠와 스타킹이 널려 있었어요. 아저씨가 손으로 직접 빨아 무척 깨끗했어요. 나는 왠지 무안해져 말했어요. 내가 좋아하는 게 스마일인지 어떻게 알았어요? 아저씨는 그런 건 잘 모르잖아요. 아저씨는 빙긋 웃으며 아줌마가 알려 줬다고 말했어요.

그날 밤 아저씨는 나에게 카레를 만들어 줬어요. 아줌마는 겨우 일어나 앉아 아저씨가 만들어 준 죽을 떠먹고 있었어요. 문득 그때 아저씨가 나를 죽이려고 한 건 아닐까, 하는 생각이 스쳤어요. 아저씨는 나를 렌털하우스에 데리고 오려던 게 아니라 저수지 같은 데 데려가려던 게 아닐까? 아빠가 미

워서 나를 저수지에 빠트려 죽이려던 게 아닐까? 그런 생각
이 드니 카레를 먹을 수가 없어서 숟가락을 내려놨어요. 아저
씨가 걱정스러운 얼굴로 물었죠. 맛이 없니? 나는 아저씨에게
물어봤어요. 아저씨, 나 그냥 집에 가도 돼요? 아저씨가 말없
이 나를 쳐다봤어요. 내 말을 들은 아줌마가 절뚝거리며 내
게 다가왔어요. 유나야, 옷 갈아입자. 집에 가자. 나는 아저씨
에게 다시 물어봤어요. 아저씨, 집에 가도 되냐고요. 아저씨는
한숨을 쉬며 말했어요.

그럼. 집에 가도 되지.

그러면 하룻밤만 더 자고 집에 갈게요.

이상하게 아저씨 말을 듣자 마음이 놓였어요. 아저씨가 잘
못한 게 아니야. 그러니까 아저씨를 용서해 줄 필요도 없는
거죠. 아줌마는 내 어깨를 흔들며 말했어요. 엄마가 걱정하시
니까 집에 가자. 아니면 엄마에게 연락드리고 하룻밤 더 자고
갈래? 나는 거절했어요. 엄마에게 연락하면 하룻밤 더 자고
갈 수 없으니까요. 내 발로 걸어 나가 집에 가겠노라고 생각
했어요. 아저씨 집에 머무른 시간은 내가 선택한 것이었다는
걸 증명하듯.

아저씨 집에 딸린 좁은 화장실 바닥은 내가 있을 때도 엉
망이었어요. 타일 곳곳에 말라붙은 핏자국이 선명했지만 어
쩐지 아저씨는 락스를 뿌려 제대로 청소할 엄두를 내지 못하

는 것 같았어요. 나는 아직 어렸지만 그 핏자국이 무엇을 의미하는지 정도는 알고 있었죠. 아저씨가 아빠를 미워할 수밖에 없는 이유도요. 아줌마가 유산한 게 당연히 아빠의 잘못 때문은 아니고, 누구의 잘못이라고 꼬집어 말할 수도 없겠지만, 나는 미안했어요. 아저씨와 아줌마에게. 아줌마는 배가 불러 올 때까지 간호사 일을 했고, 우리 집에 와서 세차 같은 걸 하기도 했죠. 그러는 동안 아저씨는 엄마가 동창회를 갈 때도 태워다 주었고, 학원 보충수업이 늦게 끝난 나를 태워다 주기도 했어요. 만약 그 시간 동안 아줌마 곁에 있어 줬다면 아줌마가 이렇게 힘들어지지 않았을지도 모르겠다고 나는 생각했어요. 마지막 날 밤, 나는 아줌마를 안아 줬어요. 아줌마를 안고 아저씨에게 머리 숙여 사과드렸어요. 미안해요, 두 분께. 아줌마는 무슨 소리냐며 나를 꾸짖다 울어 버렸고 아저씨도 울고 있었어요.

*

맑은물만들기사업. 공사장 입구에 붙은 플래카드에 적힌 현장 안내 문구였다. 까고 있네, 철용이 뇌까렸다. 띄어쓰기도 안 되어 있는 거 보니 이게 무슨 공식 명칭인가 보다, 맑은 물은 개코나, 우리 맑은 물이나 마시자! 철용이 외쳤다.

셋째 날은 모두 정오가 되어서야 일어났다. 마을회관 관리 아저씨는 일행을 깨우지 않았다. 심지어 그들이 길을 떠나기 전 인사를 하려고 관리실에 들렀을 때, 그곳에는 아무도 없었다. 마을회관을 이용하는 사람도, 찾는 사람도 없는 것 같았다.

전날 일로 모두 무기력했다. 일행은 마을을 벗어나 다시 하염없이 걸었다. 연구원 친구가 갑자기 아스팔트에 주저앉았다. 유나가 달려가 왜 그래, 하며 얼굴을 살폈다. 주한도 다가갔다. 누나, 더위 먹은 거예요? 연구원 친구는 무릎을 말고 고개를 숙였다.

—좀만 더 가면 내 고향 나온다.

철용이 끼어들었다.

—너도 촌사람이었구나? 유나랑 동창이라기에 모르고 있었네.

—어, 중학교 때까지 살았어.

유나는 연구원 친구의 팔을 잡아 그녀를 일으켰다. 가자, 고향 가자. 매일 목표한 만큼 걸어야 마지막 날 철새 도래지에 도달할 수 있었기에 오래 쉴 수 없었다. 지금 우리 눈으로 보지 않으면 영영 볼 수 없을 거야. 가다 설령 왜 가는지 모르는 순간에도 멈추지 말자. 사전 스터디에서 유나가 한 말이었다. 주한은 걸으며 틈틈이 유나를 돌아봤다. 누나는 처음부터 알고 있었어? 그저 눈으로 보는 것 말고는 아무것도 할 수 없을지도 모른다는 걸. 주한은 그 생각을 입 밖에 내지 않았다.

— 이제 저수지가 될 강을 추모하며, 모두 건배하자.

철용은 인근 마을에서 사 온 막걸리를 늘어놓았다. '맑은 물'이라는 상호를 가진 지역 특산 막걸리였다. 자, 맑은 물이나 마시자! 국문과 친구가 철용과 똑같은 말을 했다. 철용은 그녀를 보며 멋쩍게 웃었다. 재주도 좋아, 유나가 주한의 귀에다 대고 속삭였다. 막걸리 한 병을 금세 비운 유나의 대학 동기 중 하나가 불콰한 얼굴을 문지르며 말했다.

— 나 철용이 너 싫어했다. 옛날부터. 여긴 왜 온 건가 생각도 하고.

— 술 먹고 진심 이야기하지 마. 무서우니까.

— 유나한테 임용 어쩌고 시비나 걸고 말이야.

— 그럼 애한테 미래가 없어 보이는데 어쩌냐?

가만히 듣고 있던 유나가 닥치지 못해, 하며 철용을 걸어

찼다.

—너는 미래 있어?

—난 그래도 어학연수도 다녀오고 미군 부대도 다녀왔잖아. 엘리트 코스 밟았잖아.

좌중이 야유를 보내며 술렁였다. 어쩜 저렇게 뻔뻔하냐, 저 새끼는, 소주를 열 병이나 마셔도 결코 취하지 않는다는 다른 동기가 비웃었다.

—야, 너희 집 종부세 환급받았다며? 너 그 돈으로 어학연수 갔다 왔다며.

—그러게 말이다. 영국 있을 때 펍에서 만난 유럽 애들한테 그 이야기 했는데 아무도 이해 못 하더라. 종부세를 돌려받는다는 걸.

—등신. 뭘 자랑이라고 그걸 설명해. 영어 써먹을 일 없어서 환장을 했구나.

—가진 건 돈밖에 없잖아. 너희들 다음 주에 우리 집 놀러 와. 소고기 줄게.

국문과 친구가 철용의 잔을 채워 주며 물었다.

—철용 씨네 고깃집 해요?

—유나한테 못 들었구나. 우리 집, 부천에서 가장 큰 갈비 집이잖아요. 우리 집 덕분에 동 단위로 갈비촌 되었는데. 원래 허허벌판에서 천막 쳐 놓고 시작했는데 대박 나서 원조 집

됐어요.

유나가 막걸리병 뚜껑을 철용에게 집어 던지며 졸부인 거 자랑하지 마, 중얼거렸다.

— 네가 몰라서 그러는데 고깃집 자식이 제일이야. 현금 부자잖아. 우리 아버지 돈 벌고 난 다음에 뭐부터 한 줄 아냐. 라이온스 클럽. 그거야말로 갑부 인증이라면서. 얼마 전에 회장 취임하셨다. 집에 오랜만에 가 보고 깜짝 놀랐어. 아버지랑 엄마랑 커플 사진 대문짝만하게 찍어서 집에도 걸어 놓고 갈비집 1층에도 걸어 놓은 거야. 아버지는 칼 차고 제복 같은 거 입고 있고. 엄마는 진달래색 한복 입고. 그게 회장 유니폼, 회장 부인 유니폼인가 봐. 70년대인 줄 알았다니까. 근데 라이온스 클럽 아저씨들 부인들이 모이면 영부인회라고 한대, 자기들끼리.

철용은 혼자 박장대소했고 유나는 피식 웃었다. 주한은 멀찌감치 보이는 공사 현장을 내다봤다. 갈대 사이로 덤프트럭과 크레인이 지나다녔다. 주한은 어릴 적 아버지와 강에서 물수제비를 뜨며 놀던 일을 문득 떠올렸다. 철용이 주한을 툭 쳤다.

— 워킹 가면 유나 보고 싶어서 어떡하냐?

— 금방 오는데요. 뭐.

— 한 번도 떨어져 본 적이 없다며. 너희들. 그래도 군대는

안 가서 다행이다.

— 형은 군대 재밌었어요?

— 아, 미쳤네, 이거. 군대 재미있는 인간이 어딨냐.

— 그런데 왜 늘 군대 자랑해요?

— 그럼 자랑이라도 해야지. 영어 잘해서 왔다고 자부심에 쩔어 사는 인간들 사이에서 얼마나 스트레스 받았는데.

— 유나 누나가 싫어해요.

— 쟤는 원래 나 싫어했어.

철용은 꾸벅꾸벅 조는 유나를 흘끔 봤다. 주한은 배낭에서 카디건을 꺼내 유나의 어깨에 걸쳐 주었다. 일행이 모여 앉은 정자 위로 깍깍 소리를 내며 까마귀가 지나갔다. 그 순간이 박제되었다. 하얀 막걸리 병이 쌓여 있고, 국문과 친구가 철용의 어깨에 기대 있고, 연구원 친구가 한 움큼 집은 과자를 입에 털어 넣고, 다른 친구들이 서로의 몸에 기대 앉아 있고, 마찬가지로 가디건을 걸친 유나와 주한이 서로 기대 있는 풍경. 찰칵. 셔터 소리가 들렸다. 화들짝 놀란 주한이 소리 나는 쪽을 보자 잠에서 깬 유나가 입가를 닦으며 비척비척 일어섰다. 선배님 오셨어요. 철용과 동기들 둘이 유나를 따라 일어서며 같은 말을 했다.

— 저수지의 개들이네.

머리를 길러 묶은 남자는 중얼거리며 연신 셔터를 눌렀다.

유나가 팔로 얼굴을 가렸다. 이딴 걸 뭣 하러 찍어요. 관둬요. 남자는 재미있다는 듯 카메라를 유나의 얼굴에 가까이 가져 갔다.

*

— 홍 대령, 안녕하십니까.

그들은 여전히 출근하고 있었다. 누구의 얼굴도 바뀌지 않았다. 정근은 B항공사에서 본 여승무원들의 얼굴을 줄곧 떠올리고 있었다. 최 전무가 정근의 눈앞에다 손가락을 튕겼다. 종종 겪는 일이었지만 그럴 때마다 정근은 화들짝 놀랐다. 최 전무가 장난스럽게 웃으며 거수경례하는 척했다. 정근은 상체를 살짝 드는 시늉하며 고개를 숙여 인사했다.

유리창 너머 복도 맞은편에 커다란 괘종시계가 있었다. 시침과 분침이 오전 8시 30분을 가리켰다. 정근은 8시에 출근했고 최 전무는 9시에 출근했다. 정확히는 정근이 7시 30분에, 최 전무가 8시 30분에 출근했다. 정근은 8시 정각을 알리는 종소리를 관리실 책상에 앉아 들었다. 정근이 고개만 들면 얄궂게도 괘종시계가 보였고, 'KF-16 태스크포스 출범 기념'이라는 각인도 어렵지 않게 볼 수 있었다. 정근은 자신의 출근 시각인 오전 8시 정각을 알리는 종소리를 들으며 피하지 않고 각인을 똑바로 쳐다보았다.

자신을 여전히 홍 대령이라고 부르는 데는 이곳뿐이었다. 관리소장으로 일한 지도 10년이 훌쩍 넘었다. 직함은 관리소장이었으나 모두 홍 대령이라는 호칭으로 불렀고 정해진 시각에 출근해 로비에서 드나드는 사람들을 지켜보는 일밖에 하는 것도 없었다. 시간이 지날수록 정근은 홍 대령이라는 호칭이 불편했다. 자신을 잘 모르는 사람들이 부르는 당연한 호칭, '아저씨'나 '경비 아저씨'가 훨씬 편했다. 여기서 듣는 홍 대령이란 영감이나 용사처럼 의미 없는 말일 뿐이었다. 그 일이 있은 지도 그만큼 오래되었다.

KF-16이라는 고유명사는 여전히 정근에게 낙인이었다. 한국 공군의 자랑이었던 KF-16은 훈련 중 추락했고 탑승자 전원이 사망했다. 어처구니없게도 비행 도중에 엔진이 꺼져 발생한 사건이었다. 제대로 된 정비 절차를 밟았다면 일어날 수 없는 일이었다. 방산 업체는 매년 수십억을 횡령했고, 정비 수리에 예산이 제대로 쓰일 리가 없었다. 방산 업체의 최 전무와 줄이 닿았던 예비역 장교들은 떨어지는 콩고물에 맛 들려 그 일에 동조했다. 정근으로서는 무한히 멀리 계셨던 별들, 전 참모총장 같은 사람들 역시 업체 낙찰에 기여했다.

아빠가 사람들을 죽게 만들었잖아요, 어디선가 유나의 비명이 들리는 듯했다. 정근으로서는 자신이 그 일에 손을 댄 적도 없고, 직접적으로 KF-16과 관련한 어떤 비리도 저지르지 않았다고 확신했다. 인터넷 기사 몇 줄만 보고 아빠 탓을 하는 유나가 홍위병 무리처럼 보이던 순간이 있었다. 그 순간에는 고작 아이 방에 컴퓨터를 들여놓아 주고, 인터넷 선을 깔아 준 일을 후회했을 뿐이었다. 유나가 인터넷 같은 것만 하지 않았어도 공군 홍 모 대령, 그러니까 바로 자신의 인적 사항이 비리에 가담한 자들과 줄줄이 엮어 나오는 꼴을 보지 않을 수 있었을까.

방산 업체는 군보다 더한 권력을 가지고 있었고, 정근은 그 것을 항상 비웃었다. 양아치들이 만들어 키운 대기업과 방위 사업청은 간혹 자기들 입맛에만 맞는, 군으로서는 무리인 요구를 군에 전달하기도 했다. 합동참모본부는 그 싸움에서 대부분 지고 말았다. 정근은 모 방산 업체가 낙찰될 때마다 그 렇게 되도록 힘을 쓴 예비역들이 받은 돈을 '콩고물'이라 표현하며 눈감고 말았지만 사실은 알고 있었다. 그 돈은 콩고물 따위로 불릴 만한 액수가 아니었다.

다만 정근은 전라도 장성 출신 윤 대령이 나서는 꼴을 두고 볼 수 없었을 뿐이었다. 군법은 사회법과 엄연히 다를진대, 군 내부의 일을 사회에 공개하겠다는 그의 치기를 자신이라도 나서서 꺾어야 했다. 그렇게 했다고 해서, 윤 대령을 죽인 사람들 목록에 자신을 올리는 유나와 일부 인터넷 무리들의 주장에 절대 동조할 수 없었다.

그런데 여전히 최 전무는 최 전무인 채였고, 다른 이들도 마찬가지였다. KF-16 태스크포스 출범 기념. 정근은 괘종시계에 선명하게 아로새겨진 각인을 날마다 피하지 않고 보았다. 그 일을 모를 리가 없고, 그 일에 깊숙이 관여해 경찰에서 조사받은 인간들이 하나같이 각인에 무심하다는 것이 정근은 놀라웠다. 하긴 괘종시계 따위야 사건과 아무런 상관이 없었다. 정근은 오래전 첫 출근하던 날, 중앙현관 가운데 떡 버티고 있는 괘종시계와 그것의 출처를 설명해 주는 각인을 보며 경찰은 왜 이걸 가만히 두었을까 생각했던 자신의 순진함을 떠올렸다. 아무도 시계 따위는 눈여겨보지 않았을 것이었다. KF-16 태스크포스 출범 기념이라는 글자의 조합은 그저 공군전우회 30기 회동 기념, 이나 제8군 제35방공포병여단 기증, 같은 것과 다름없을 터였다.

정작 정근은 날마다 각인을 마주 보며 유나를, 정확히는 고등학생 시절의 유나를 떠올려야만 했다. 유나가 죽기 전, 한참 전부터 그랬다. 'KF-16 비리 사건', 유나의 인터넷 검색 창에 입력되어 있던 글자를 생각하면 아직도 아찔했다. 유나는 밤새 인터넷으로 사건 내역을 검색하고, 노트에 사건 경위와 네티즌들이 제시한 의혹까지 빼곡하게 필기해 두었다. 유나가 여느 날 아침과 마찬가지로 자신을 쳐다보지도 않고 꾸역꾸역 밥을 먹고, 인사를 하는 둥 마는 둥 하며 등교한 뒤였다. 웬일로 방문을 열어 두고 나갔기에 정근은 뭔가에 이끌리듯 유나의 방에 들어섰고, 컴퓨터를 봤고, 책상을 봤다. 전부 그일에 관련한 것들 투성이었다.

— 아빠 보라고 일부러 그렇게 놔두고 간 거니? 방문까지 열어 두고.

정근은 저녁상에서 유나에게 물었다. 유나는 숟가락을 든 손을 멈춘 채 미동도 없었다.

— 일주일에 한 번 겨우 보는 아빠에게 꼭 그따위로 해야겠니?

— 일부러 그런 건 아니에요.

— 일부러든 아니든.

— 저 들어갈게요.

눈치 보던 지숙이 급하게 유나의 숟가락을 받아 들며 그래, 얼른 들어가서 공부해, 했다. 정근은 지숙의 머리채를 휘어잡고 싶은 충동을 억지로 참았다. 정근은 조용히 말했다.

— 앉아.

— 여보, 그만.

— 홍유나. 앉아.

유나는 앉지 않았다. 눈을 내리깐 채 가만히 서 있을 뿐이었다.

—아빠 말 안 들려?

—아빠, 윤 대령 아저씨 죽었다면서요.

지숙이 황급히 유나의 말을 막았다.

—유나, 그만해. 방에 들어가.

—아빠, 윤 대령 아저씨 자살했다면서요.

—앉아서 똑바로 이야기해. 인터넷에서 글 몇 줄 읽고 알지도 못하면서 나서는 거야?

—제가 뭘요. 아빠, 똑바로 살아요.

그 말에 정근은 이성을 잃었다. 그 후 몇 분간은 아무리 제대로 떠올리려 애써 봐도 슬로모션으로, 분절적으로, 파편적으로 머릿속을 지나갔다. 배경은 부엌이었다 거실이었다 유나의 방이 되었고, 울부짖는 지숙의 얼굴이 일그러졌고, 벽시계와 드라이플라워가 깨지고 찢어졌다. 그 후 몇 년간은 자신에게 대들던 유나가 떠올라서 분노가 치밀곤 했는데, 이상하게도 시간이 흐를수록 밥상머리에서 앉아, 하며 똥군기를 잡던 자신이 먼저 떠올라 수치스러워지곤 했다. 유나는 두 팔로 머리를 감싸며 저항하다 나중에는 그냥 숨이 멎기 직전의 개처럼 늘어져 가만히 맞기만 했다. 지숙이 악을 썼고 급기야 거품을 물고 쓰러졌다. 두들겨 맞던 유나의 눈이 뒤집힌 것도 그 순간이었다. 그리고.

일종의 방어기제라고 생각했다. 정근은. 그 이후의 일이 제대로 기억나지 않는 것에 대해서. 자신을 향해 내뱉던 저주의 내용이 정확히 무엇이었는지 기억할 수 없었다. 기억나지 않았다. 정근은 기억하고 싶지 않았다. 지숙이 아직 정신을 못 차리고 맥없이 입원실 침대에 누워 있을 때, 눈자위가 시퍼렇게 멍들고 턱을 붕대로 감은 몰골의 유나가 물었다. 윤 대령 아저씨네 가족은요? 이제 그 집은 어떻게 되는 거예요? 그때 정근은 유나가 자신에게 또다시 시비를 걸어 온다고만 생각했었다.

유나는 진심이었구나. 정근은 이제야 깨달았다. 유나는 윤 대령은커녕 그의 가족과 일면식도 없었다. 그러나 진심으로 걱정하고 있었다. 그렇게 죽고 나면 가족은 어떡해요? 정근 자신은 그때 유나의 눈빛에서 그런 말을 읽어 내지 못했다. 읽어 낼 능력이란 게 없었다. 유나가 죽고 난 지금에서야 알 수 있었다. 심지어 유나가 죽은 직후에도 몰랐다. 그의 죽음은 그의 선택이었다, 그러므로 그를 과하게 동정할 까닭도 없다, 정근은 괘종시계를 보며 언제나 그 일을 떠올렸지만 항상 그렇게만 생각했다.

유나도 스스로 죽음을 선택한 것이었다. 최 기장의 눈도 그렇게 말하고 있었다. 이유가 어찌 되었든 스스로 죽은 거 아닙니까. 그자도 그런 말을 하고 싶었을 것이었다. 오래전 최 전무가 해임된 자신을 회사 관리소장으로 모신다면서 했던 말이었다. 제가 징역 제일 오래 살고 나왔습니다. 그는 자랑하듯 말했다. 징역 1년 살고 나온 그는 다시 전무로 복직했다. 당신들 짬짜 먹는 일에 죄도 없이 엮여서 불명예 제대한 나는 어쩔 건데, 정근의 심정은 그랬으나 입 밖에 내지 않았다.

그런데 유나야, 모두 아빠를 욕할 때 너는 아빠 편을 들어 줄 수 없었니? 정근은 담배를 피우며 생각했다. 조금은 아빠 편을 들어 줄 수 없었니. 그때 아빠는 무척 외로웠는데.

*

주한은 하늘색 티셔츠를 꺼내 보았다. '청년도보순례'라는 글자 프린팅이 군데군데 해져 있었다. 언제 튀었는지 기억나지 않는 허연 락스 자국도 곳곳에 선연했다. 진짜 싸구려 옷 같다, 누나, 그렇지? 주한은 혼잣말을 하며 쓸쓸하게 웃었다. 그 후로도 많은 일이 있었는데 아직도 어제 같아. 주한은 유나가 골라 준 자신의 자취방, 유나가 골라 준 가구들, 유나가 골라 준 옷들을 둘러봤다. 주한을 둘러싼 것들 중에 유나 손을 타지 않은 것이 거의 없었으므로, 유나의 흔적에 새삼 슬퍼할 이유도 없었다. 전부 다 유나의 흔적이었다.

어쩐 일인지 하늘색 티셔츠는 뉴질랜드에 갈 때도 딸려 갔었고, 돌아와서 한동안 유나와 헤어지고 다른 여자를 만날 때도 없어지지 않았다. 대학에 복학한 1년 동안 주한은 유나가 아닌 신입생 후배와 연애를 했다. 그녀는 주한에게서 보이는 유나의 흔적에 히스테릭하게 반응했다. 주한의 존재 자체가 곧 유나의 흔적이었다. 주한의 옷이며 신발이며 가방이며 시계며 전부 유나가 골라 주고 간섭한 물건들이었다. 후배가 요구하는 대로 미니홈피에 남아 있던 유나의 사진과 글을 전부 지웠지만 유나의 흔적은 잊을 만하면 튀어나왔다. 주한의 인터넷 아이디에는 거의 대부분 YN이라는 유나 이름의 약자가 덧붙어 있었고, 핸드폰 번호 뒷자리 0913은 유나의 생일이었다. 그런 것들도 전부 지우고 바꾸라는 후배에게, 어느 날 주한은 물어보았다.

— 지금은 전부 아무런 의미가 없는 거야. 왜 다 지워야만 해?

후배는 지금이라도 당장 주한과 헤어지고 싶지만 그러면 주한이 유나에게 돌아갈 테고, 자신은 결국 잠깐 건너간 디딤돌밖에 되지 않는 거라며 울었다. 디딤돌, 주한은 그 단어를 가만히 생각했다. 그런 사소한 단어 하나에도 유나가 생각났다. 고등학교 때 디딤돌 문제집을 풀다가 그 말이 예뻐서 아이디를 steppingstone으로 만든 적 있는데 유치해서 금방 삭제해 버렸어. 그런 말이 토씨 하나 틀리지 않고 기억났다. 눈앞

에서 자신의 여자 친구가 울고 있는데, 머릿속에는 유나 생각
뿐이었다. 주한은 후배에게 자신과 헤어지고 싶은 게 진심이
냐고 진지하게 물었다. 후배는 겁먹은 눈으로 고개를 끄덕였
다. 주한은 그럼 헤어져 줄게, 말했다. 후배는 결국 자기 탓으
로 돌렸다고 넌 벌 받을 거야, 소리치며 그를 떠나갔다. 주한
도 자신의 비겁함을 인정했다. 그토록 자괴감에 시달렸던 날
은 살아오며 한 번도 없었다. 그러나 그녀와 헤어지자마자 주
한은 막 B항공에 입사해 가장 고통스러운 1년 차를 보내던
유나를 혼자 둬 버린 자신을 탓했다.

　질투 많은 후배가 야단치는 통에 지워 버린 유나의 사진들
은 전부 디지털 사진들이었다. 다행히 아직 필름 카메라로 찍
은 사진들은 제법 남아 있었다. 앨범에 가지런히 꽂아 둘 생
각 같은 건 해 보지 못했다. 포스트잇으로 날짜만 구분해서
봉투에 넣어 둔 채였다. 주한은 깊숙한 곳에 넣어 둔 상자들
을 꺼냈다. 도보순례 때 찍은 사진들에는 분홍 포스트잇이 붙
어 있었다. 2010. 7. 네임펜으로 쓴 둥근 글씨체는 유나의 것이
었다.

　미간을 좁히며 인상을 잔뜩 찌푸린 채 팔로 입가를 가린
유나. 얼굴이 클로즈업되어 눈동자에 비친 카메라마저 선명
하다. 첫 번째 사진이었다. 또 어떤 사진에는 하늘색 티셔츠를
입고 밀짚모자를 쓴 철용이 있다. 강변에 있는 정자에 모여

막걸리를 마실 때였다. 땀에 젖어 퍼렇게 된 가슴팍과 생뚱맞은 금목걸이를 보니 웃음이 터져 나왔다. 유나는 철용을 노려보며 팔짱을 끼고 있다. 이렇게 곧잘 노려봤었지, 주한은 생각했다. 무테안경을 쓴 연구원 친구가 손부채질을 하고 있다. 그런 바람에 사진에는 손 부분이 뭉개진 채였다. 이 누나, 지금 보니 정말 알코홀릭 같네. 철용과 사귀기 시작할 무렵의 국문과 친구다. 주한 자신은 정자 끄트머리에 걸터앉아 있는데 시선은 유나를 향해 있다. 이 모습을 부감하는 대학원 선배의 눈웃음, 그의 눈가에 잡힌 주름이 생각난다. 그는 많은 풍경을 찍었다. 일행이 눈으로만 내다보던 현장 근처에 가서 사진을 찍다가 현장 인부에게 들켜 쫓겨났고, 높은 데 올라가서 재주 좋게 현장을 부감해 와 타워크레인 위에서 찍은 것 같다는 모두의 감탄을 받았다. 그는 나중에 당시 찍은 사진들을 인화해 일행에게 골고루 나눠 주었다.

  ─아마 이런 모습, 일부러 찾아보지 않으면 어디서도 볼 수 없을 거야. 신문에도 안 날 테니까.

  그때를 생각하면 처음으로 아빠 이야기를 꺼내고, 자꾸 아빠 이야기를 하던 유나도 있다. 목에 맨 손수건을 풀어 얼굴의 땀을 닦으며 유나는 철용에게 물었다.

  ─너도 행군해 봤냐.

  ─그럼, 당연히 했지. 카투사는 훈련 안 받는 줄 아냐?

— 우리 아빠가 요즘 행군은 꿀이라고 했던 것 같은데.

— 요즘이면 언제를 말하는 거야? 너 아빠랑 이야기 안 한 지 꽤 됐잖아.

유나의 얼굴이 잠시 어두워졌다. 철용이 다른 화제로 쉴 새 없이 수다를 떨었다. 틈틈이 유나에게 초콜릿이며 사탕을 물려 주고, 손으로 부채질을 해 주는 철용을 보며 주한은 왠지 마음이 놓였다. 주한은 유나에게 속삭였다. 누나 말대로 귀여운 것 같아. 생각보다 귀엽네, 저 형. 유나는 대꾸했다. 그렇다니까. 뇌가 청순해서 그렇지 착한 애야. 그런가 하면 다시 철없는 말을 지껄이는 철용이었다. 생수를 벌컥벌컥 들이켜는 연구원 친구에게 철용이 다가가 까불며 말을 걸었다.

— 너희 연구실도 날마다 초파리를 죽이겠네?

— 뭐 그렇지.

— 다들 휴가 가면 초파리는 뭐해?

— 한꺼번에 휴가 못 가. 얼리지도 못하고 잘 키워야 하니까.

— 키워서 뭐 하는데?

— 뭐 하긴 뭐 해, 내장 꺼내고 유전자 변형해야지.

— 악. 잔인하다. 그런데 너는 자연을 파괴하는 일에 일조하면서 어떻게 녹색당 당원이냐?

연구원 친구가 길 한가운데 우뚝 멈춰 서며 유나를 돌아봤다.

— 얘 좀 치워 줘. 짜증 나서 못 걷겠어.

그때였나.

주한은 생각한다. 일행이 아스팔트에 멈춰 서 있고, 연구원 친구가 인상을 잔뜩 찌푸린 채 유나를 보며 뭔가 말하고 있다. 철용이 머리를 긁적이는 순간이다. 이때가 그때였나. 머리카락을 높이 올려 묶은 유나의 뒷모습. 땀에 젖은 등. 양쪽 등 위가 날개뼈가 불거진 듯 약간 불룩해 보인다. 주한은 자세히 들여다봤다. 도보순례 3일 차에 합류해 멀찌감치 서서 일행을 가만히 지켜보며, 그들의 모습을 사진으로 담던 대학원 선배의 시선으로.

*

아빠가 군인을 그만두면 뭘 할 수 있을까.

진심으로 걱정되던 나날이었어요.

수능 시험을 6개월 앞두고 있었지만, 내 머릿속엔 온통 아빠 생각뿐이었어요. 내가 태어날 때도 아빠는 군인이었고, 내가 봐 온 아빠가 군인이 아니었던 적 없었어요. 네 살 때였나, 우리 가족 여름휴가 간 날. 내 생애 첫 번째 기억이에요. 여러 군인 아저씨네 가족들과 함께 강원도에 놀러 갔었어요. 아빠와 아저씨들이 두돈반이라고 부른 2.5톤 트럭을 타고. 겉으로 보면 단순한 군용 수송 트럭이었지만 안에는 버스처럼 개조되어 있었죠. 그걸 타고 놀러 갔던 게 생애 첫 기억이에요. 아빠는 그때도 군인이었죠. 바다에서 아빠가 가져온 고무 튜브를 타고 놀았어요. 까만 고무 튜브에서는 나쁜 냄새가 났고 엄청 무거웠는데, 구멍도 커서 내가 들어가 놀기에는 위험했어요. 그런데도 아빠는 나를 거기 집어넣고 끌고 다니며 신나게 놀았죠. 나는 꺼내 달라고 울었어요. 아빠는 나를 가슴에 안고 달래며 아빠가 재밌게 놀아 주는데 왜 울기만 하냐고 나무랐죠. 군용 튜브가 아니었다면 재미있게 놀 수도 있었는데, 나중에도 생각했어요.

아빠가 군인을 그만두면 뭘 할 수 있을까. 고향을 떠나온 날부터 아빠는 군인이었는데. 평생 군인으로만 살아왔는데. 아빠가 할 줄 아는 게 있을까요? 내가 고등학교를 졸업하고 나면 따로 살기로 엄마랑 합의했다는데, 그럼 아빠 혼자 살아야 하는데, 직업도 가족도 잃고 아빠가 어떻게 살아갈 수 있을지. 아빠가 걱정되었지만 그 모든 일들을 되돌릴 수는 없었어요. 아빠 때문에 죄 없는 사람이 죽었잖아요. 그럼에도 아빠는 잘못을 뉘우치지 않고, 여전히 자신에게는 잘못이 없다고 생각하며, 그 모습에 엄마는 완전히 질려 버렸어요.

사람들이 말하는 홍 모 대령이 아빠일지도 모른다는 생각이 들었을 때, 나는 애써 그 생각을 지우려 했어요. 공군 홍 모 대령이 아빠 말고 더 있을 거라고. 설마 그게 정말로 아빠겠어? 나는 아빠를 믿었어요. 한동안 세상을 떠들썩하게 만들었던 KF-16 비리 사건, 정비 부품 대금을 빼돌려 방산 업체가 폭리를 취한 사건요. 정확히 말하면 이 과정에서 방산 업체와 공군 예비역 장교들이 유착했고 그 사실을 밝히려던 윤 대령 아저씨가 오히려 내부 고발로 몰려 군에서 쫓겨나고 자살한 사건이죠. 이 사건을 모르는 사람이 없었죠. 내가 매일 접속하던 인터넷 페이지 실시간 검색어 1위에 며칠이나 떠 있었는데요. 윤 대령 아저씨를 가장 가까이에서 압박한 홍 모 대령이 바로 아빠였다는 걸 어렵지 않게 알 수 있었어요. 아빠의 이름과 사진까지 인터넷에 공개되었으니까요. 아빠, 세상이 바뀌고 있었어요. 군인 아저씨들끼리 잘못 저질러 놓고 비밀로 할 수 있는 세상이 아니었어요. 내 방 책상에서 노트북 열고 인터넷 시작 페이지에 접속만 해도, 몇 번 클릭으로 사건의 전말을 쉽게 알 수 있었어요.

사실은 아빠 때문에 죽은 사람은 윤 대령 아저씨 한 명이 아닐 거예요. 결국 KF-16이 훈련 중 추락하지 않았다면 이 사건이 세상에 밝혀지지도 않았을 테니까요. 그때 죽은 사람들은 전부 아빠 같은 사람들 때문에 죽은 거예요.

그런데도 아빠는 오히려 나를 때렸고, 엄마에게 소리를 질렀죠. 일주일에 한 번 보는 아빠에게 그따위로 해야겠냐면서. 그게 중요했나요? 윤 대령 아저씨는 아직 젊었고 내 또래인 아이들이 있었어요. 그런데 죽어 버린 거예요. 그 애들은 아빠를 잃었는데, 아빠는 고작 내가 버릇없이 군다고 그렇게 화를 냈던 거예요. 오랜 시간이 흐른 지금도 용서하기 힘들어요. 나를 때렸던 것보다, 자기가 뭘 잘못한 줄도 모르고 화만 내던 아빠의 모습을요.

대학에 입학한 후, 아빠의 소식을 엄마에게 전해 들었죠. 바로 그 방산 업체 관리소장으로 취직했다면서요. 헛웃음이 나왔어요. 아빠는 그곳에서 무슨 일을 하나요? 아빠는 남에게 굽신거릴 줄 모르잖아요. 청소나 빨래 같은 것도 못 하고 심지어 두꺼비집을 만질 줄도 모르잖아요. 그런 건 다 남에게

시켜 왔으니까. 아빠에게 연락이 오거나 아빠를 어쩌다 만날 때 물어보고 싶었지만 아빠를 놀린다고 생각할까 봐 차마 묻지 못했어요.

회사에서 영훈 아저씨를 만났을 때 나는 아빠 이야기를 바로 하지 못했어요. 아빠 잘 계시니, 하고 아저씨가 먼저 물어봤을 때 비로소 이야기를 했죠. 아빠가 그 일에 연루되어 옷을 벗게 되었다고. 아저씨가 사실 알고 있었다고 하더라고요. 유나가 상처 받을까 봐 걱정했었어, 인터넷에서 보고. 아저씨가 그랬어요. 인터넷에 아빠 사진까지 공개되었으니 내가 모를 리 없고, 한창 수능 준비하던 예민한 시기인데 걱정이 되었다고요. 아줌마와 함께 유나는 어떡하지, 하고 날마다 걱정했다고 해요. 그때 아저씨는 B항공에 입사한 지 2년 정도 된 새내기 부기장이었대요. 아저씨가 비행기를 운전하게 될지 어떻게 알았겠니, 예전부터 뭐든 탈것에는 자신이 있었지만 그래도 말이야. 아저씨가 그랬어요.

그날 오랜만에 찌그러진 경비행기를 타는 꿈을 꾸었어요. 친구들과 도보순례를 다녀온 여름, 어느 날 갑자기 찌그러진 경비행기를 타는 꿈을 꾸지 않았다면 나는 승무원이 되지 않았을 수도 있었어요. 다른 길도 있었겠죠. 여름의 끝자락이었고 남자 친구의 옥탑방은 불에 타듯 더웠어요. 자다 놀라 깰 정도로요. 여기는 불 속이야, 여기는 지옥이야, 주한은 그런 바보 같은 잠꼬대를 하곤 했어요. 나도 종종 악몽을 꿨는데, 그날은 내가 낡고 찌그러진 경비행기에 타고 바람에 속수무책 흔들리는 기체를 온몸으로 느끼며 끔찍해하고 있었어요. 이건 꿈이야. 생각했지만 창밖에 보이는 지상의 풍경이 아찔하게 멀어 너무나 무서웠죠. 나 혼자 타고 있는 줄 알았는데 아빠가 돌아봤어요. 비행기를 운전하는 사람이 아빠였던 거예요. 아빠, 돌아보지 마요. 나는 소리쳤어요. 아빠는 서운하다는 듯 고개를 돌렸죠. 그날 이후 아빠는 잊을 만하면 그런 모습으로 꿈에 나왔어요. 그런 꿈을 꾸고 나면 등이 식은땀에 흠뻑 젖은 채 깨어났죠. 그런 꿈을 꾼 날에는 하루 종일 기분이 좋지 않았어요. 나는 비행기를 타 본 적도 별로 없었는데 왜 기체가 흔들리는 무서움이 그토록 생생했는지.

승무원이 되고자 마음먹은 후 나는 체력 테스트를 통과하기 위해 주한에게 수영을 배웠어요. 교사를 포기하고 나니 도전하지 못할 일이 없어 보였죠. 임원 면접을 볼 때까지 주한에게는 항공사 입사를 준비하고 있다는 말을 하지 못했어요.

그때쯤이었을까요. 중학생 시절 노트를 우연히 발견했던 것도. 韓國資本主義의 諸問題. 난데없는 한자가 꼬불꼬불 적혀 있어 깜짝 놀랐죠. 얼른 기억해 내지 못했어요. 한국자본주의의 제문제. 뜻을 해석하며 그것이 오래전 아저씨의 앉은뱅이책상에 있던 책 제목이라는 사실이 생각났죠. 이상하게도 수영 연습을 할 때마다 생뚱맞게 그 말이 떠올랐어요. 다시 시간이 흘러 아저씨를 만나게 되었을 때, 그 이야기를 꺼내자 아저씨는 깜짝 놀라며 반가워했죠. 곧바로 이제는 그런 책은 읽지 않아, 하고 쓸쓸하게 웃고 말았지만요.

*

　―장성 출신이라, 장성이 되시겠군.

　전근 온 윤 대령에게 누군가 농담했고, 좌중이 웃음을 터
뜨렸다. 장성 출신 군인이라, 너무 운명적인 고향 아닌가? 다
들 그의 고향 이름을 두고 농담 한마디씩 했다. 모두들 자신
의 농담 실력이 제법이라고 생각했는지 화제를 돌리려 하지
않았지만 정근은 마음 편히 들을 수 없었다. 서글서글하게 웃
으며 농담을 맞받아치는 윤 대령이 정근에게는 처음부터 거
슬렸다. 그가 자처해서 기자들을 만나고 모자이크 처리도 되
지 않은 얼굴을 미디어에 비치며 공군 예비역들을 들먹일 때,
정근은 처음부터 느낀 불편함의 정체를 어렵게 인정해야 했
다. 윤 대령은 전남 장성 출신이었다. 이제 누구도 그런 말을
대놓고 하지 않았지만 같은 전라도 출신으로 싸잡히는 것이
정근에게는 불편했다.

　김영훈이라는 자를 만났을 때의 느낌도 비슷했다. 그는 유
나를 '홍 사원'이라거나 '객실 노동자'로 칭했다. 수많은 승무
원들 중 하나를 지칭하듯. 아이들을 만난 캠퍼스 근처 카페
에서 정근과 영훈은 마주앉았다. 영훈은 아내가 병원에 누워
있어 오래 시간을 내기 힘들다고 말했다. 장례식장에 찾아가
지 못해 무척 마음이 아프다고도 덧붙였다. 그러나 B항공에

서 여전히 악의적인 소문을 내고 있는 터에 어쩔 수 없었노라고 그는 말했다.

— 홍 사원과 같은 팀이었던 다른 사원들은 만나 보셨습니까?

— 아뇨, 만나 보지 못했습니다. 딸아이 친구들이 계속 연락하는데 전혀 받지 않는다고 하더군요.

— 아버지에게 남긴 글들이 있다고 들었습니다. B항공에서 있었던 일을 몰래 적어 두었다고도 하던데요.

— 다른 글이 더 있는지는 좀 더 찾아봐야겠지만, 하나는 읽었습니다. 그런데 왜 제 딸아이와 그토록 많은 이야기를 나눈 겁니까?

영훈은 한동안 입을 굳게 다물고 있었다. 그에게는 자신을 알아보지 못하는 대령, 아니 정근의 무심함이 조금 놀라웠다. 그가 어떤 사건을 겪고 군에서 쫓겨났는지 영훈도 잘 알고 있었다. 영훈은 유나와 마지막으로 만난 날을 떠올렸다. 그날도 유나는 아빠 이야기를 했다. 아저씨, 인터넷에 공개되지 않았다면 아빠는 군에서 승승장구했겠죠. 장성이 되었을지도 몰라요. 그러나 영훈 앞에 앉아 있는 자는 초로의 홀아비일 뿐이었다. 한층 무르익은 봄날에도 계절을 상관하지 않고 걸친 낡은 점퍼가 그의 생활을 말해 주는 듯했다.

— 유나가 노조를 만들려고 했던 겁니까?

정근은 거두절미하고 물었다. 정근 입장에서는 고르고 고른 질문이었다. 다른 식으로 질문할 수도 있었다. 부인은 언제 그렇게 되었죠? 어디까지 보험을 적용받고 있습니까? 가족은 부인과 둘뿐이라고 들었는데 B항공사의 봉급으로 살기 어려웠나요? 그런 게 아니라면 왜 노조 일에 투신합니까? 영훈을 만나러 가며 정근은 말을 골랐다. 수많은 질문들을 유나가 막아섰다. 처음으로 정근은 유나의 입장을 고심해서 생각했다. 만약 유나가 함께 있다면, 이런 질문을 하는 아빠에게 실망했다고 말할 것 같았다. 유나를 실망시키지 않는 질문을 하려고 퍽 고민한 결과 나온 말이었다. 그러나 영훈의 반응은 좋지 않았다.

— 아버님, 제가 드릴 수 있는 말이 없습니다.

— 유나가 반성문을 썼다고 하던데요. 김영훈 부기장님 때문에요.

— 저 때문이 아닙니다.

— 그러니까, 결국 노조 때문 아닌가요.

— 홍 사원과 함께 일했던 팀원들을 찾아서 물어보십시오. 저로선 드릴 말씀이 없습니다.

영훈은 정말로 말해 주고 싶었다. 유나가 왜 절망했는지. 그러나 꾹 참았다. 생전의 유나가 당부했듯 제3자의 입을 통해 전해질 이야기가 아니었다. 영훈은 자신 역시 제3자라는 것을 알고 있었다. 사람들이 뭐라고 이야기하든. 영훈은 정근이 B항공의 최 기장을 찾아 만나고, 자신의 연락처를 알아내찾아오는 작위적인 과정을 무릅쓰고 있다는 것이 놀라웠다. 자신이 왜 죽었는지 알아내려고 백방으로 돌아다니는 모습을 유나가 알았다면, 영훈은 생각했으나 곧 그녀가 살아 있었다면 영영 몰랐을 사실이라는 생각이 들어 기막혔다. 정근을 만나기 전 영훈은 최 기장의 연락을 받았다. 홍유나의 아버지가 연락을 해 오리라는 사실, 자신을 만나서 유나의 죽음의 배면을 알아내고자 여러 질문을 해 올 것이라는 사실을 영훈은 이미 알고 있었다. 최 기장은 전화 말미에 덧붙였다. 그 양반, 사실상 이혼한 지 10년 넘었다는데. 왜 이제 와서 유가족 행세인지.

영훈은 정근에게 말했다. 과거 자신의 뺨을 때리고 정강이를 걷어차던 높으신 영감이 눈앞에 있는 자신을 알아보지 못한다는 데서 오는 비감을 애써 감추며.

— 아버님, 팀원들을 찾으시고, 남겼다는 글들도 꼭 찾아 읽어 보십시오.

정근은 허탈했다. 최 기장을 어렵게 찾아낸 까닭은 오직 영훈을 만나기 위해서였는데, 그자를 직접 만났지만 여전히 달라진 게 없었다. 아무것도 제대로 가르쳐 주지 않는 자의 목을 비틀어 뭔가를 알아낼 수는 없는 노릇이었다.

얄궂게도 영훈과 헤어지며 돌아오는 길에 자꾸 윤 대령 생각이 났다. 윤 대령을 생각하면 비정하게 쏘아붙이던 유나가 동시에 생각나고, 자신을 쫓아낸 군과 지숙에 이르러 지금까지의 일이 모두 그 때문인 것 같아 참담해진다. 그는 왜 군 내부에서만 아는 일을 굳이 떠들고 다녔나. 만약 그게 밝혀져야만 하는 진실이었다면 그가 나서지 않았어도 세상에 알려졌을 것이다. 정근은 여전히 그렇게 생각했다. 유나가 죽고 나니 그의 죽음에 대해 더는 간단히 생각해 버릴 수 없었지만 그 문제는 여전히 그러했다. 군과 사회는 다르다. 현실의 법과 군대 법은 다르게 적용된다. 그와 다른 이유로 자신도 옷을 벗게 되었지만 나약한 선택을 하지 않았다. 나약한 선택, 정근은 자신의 생각에 어이가 없었다.

유나가 죽고 나니 모든 게 복잡해졌다. 정근은 유나가 살아 있었다면 뭐라고 했을지 이제 정확히 알 수 있었다. 아빠, 아직도 몰라요? 아빠가 잘못한 거예요. 윤 대령 아저씨가 잘못한 게 아니라고요.

*

아픈 새끼, 짠해 가지고. 주한의 아버지는 아직도 말끝마다 그랬다. 아버지, 저 머리 뚜껑 열어서 군대도 안 갔잖아요. 신의 아들이나 다름없다는데요, 뭐. 주한이 능치면 아버지는 이놈아, 하며 등짝을 쳤다. 남들처럼 몸 건강해서 군대도 다녀왔어야지. 이유가 뭐가 됐건 군대 안 갔다 온 놈은 평생 동안 불리한 거라며 혀를 찼다. 그렇게 말하는 아버지였지만 자신이 군대에 갔다면 얼마나 마음 졸이며 걱정했을지 상상만 해도 한숨이 났다.

넌 고향이 있어서 좋겠다. 그런 유나의 말을 대학 때만 해도 제대로 실감하지 못했다. 유나가 죽고 난 후 처음 찾아간 고향에서 주한은 목 놓아 울었다. 다음 해부터 고속철도가 개통된다는 현수막이 역 곳곳에 걸려 있었다. 유나는 그것도 알지 못하고 떠났다. 살아 있었다면 얼마나 좋아했을까. 자기 고향도 아닌데 광주 소식만 들려오면 신나서 주한에게 떠들던 유나였다. 유나를 데리고 처음 광주에 오던 날이 사무치게 생각났다. 들르는 식당에서마다 어쩜 이렇게 맛있을 수 있냐며 큰 소리로 감탄하던 모습, 그땐 그런 유나가 조금 창피했었다. 저게 무등산이야? 왜 저렇게 낮아? 남한산성 같은데? 나는 무등, 하면 왠지 엄청나게 험난한 느낌이 들어서 저런 소박한 산일지 몰랐어. 유나는 어디서든 신이 나서 떠들어 댔다.

—아버지, 제 여자 친구, 죽었어요.

늦은 저녁상에 아들과 마주 앉은 주한의 아버지는 반찬을 집던 손을 거두고 입을 닦았다.

— 유나 말이냐. 유나가 죽었단 말이냐.

— 네, 유나가 죽었어요.

— 아이고, 불쌍한 새끼.

— 뉴스에도 났어요.

— 그만 됐다. 그만 말해라.

아버지는 주한의 얼굴을 어루만졌다. 그만해라, 거듭 말하며 아버지는 눈물을 흘렸다. 아버지가 우는 모습이 주한에게는 익숙했다. 더 이상 아프지도 않은데 아픈 새끼라고 하며 울고, 대학 떨어져서 불쌍하다고 울고, 서울 가서 고생한다고 울고, 돈도 별로 없는 아버지 만나서 짠하다고 울고, 서울 아버지 만났으면 좋았겠다고 울고, 외국 갔다 오는데 일하느라 마중도 못 나간다고 울고, 어디 가서 무시당하는 건 아닌지 걱정돼서 울던 아버지였다. 언제나처럼 아버지는 울었다. 주한은 아버지에게 물었다.

— 아버지, 유나 기억나세요? 무등산 식당에서 처음 봤을 때.

— 그래, 기억이 난다. 그때 그랬지. 주한이 너한테. 아빠한테 좀 잘해 드려. 아빠 너무 부려 먹지 말고. 그러면서 너를 흘겨보는데 귀여워서 내가 막 웃었잖아.

— 유나가 늘 그랬어요. 아빠 부려 먹지 말라고.

— 아버지를 부려 먹는 게 어디 있어.

— 아버지, 유나가 아버지 딸이면 좋았겠다고 그랬어요.

주한은 어릴 적에 큰 수술을 받은 후로 부모가 자신을 과하게 보호한다는 걸 알았다. 만약 아프지 않았다면 그렇게까지 하지 않았을지도 몰랐다. 아버지는 학습지 교사로 주말까지 일하는 어머니를 대신해 주한의 세끼 밥을 전부 챙겼다. 막노동 나갈 때도 주한의 끼니는 잊지 않았다. 주한과 유나가 함께 광주 집에 들렀을 때도 아버지는 밥상을 차려 내주었고 과일을 깎아 아이들 손에 직접 들려 주었다. 유나는 주한 아버지의 자상함을 틈만 나면 칭찬했다. 그냥 어릴 때 수술한 게 가여워서 그러시는 거야, 평범한 아버지야, 주한은 유나의 입장을 생각해서 그런 말을 입 밖에 내지 않았다.

— 그 아버지 심정이 어쩌려나. 자식이 비명에 가서.

— 그 아버지랑 연락하게 됐어요. 유나 장례식에서 처음 뵙고.

— 당연히 그래야지.

— 앞으로도 만나게 될 것 같아요. 유나 부모님이랑.

— 그래, 연락 오면 꼬박꼬박 받고.

— 왜 죽었는지 궁금하지 않으세요?

— 그런 게 왜 궁금하냐.

고마워요, 아버지. 그런 걸 궁금해하지 않아 주셔서. 주한은 말을 삼켰다. 아버지에게 배운 수많은 것들 중 가장 고마운 것도 그런 것이었다. 상대가 아픈 이야기를 할 때 쓸데없는 호기심을 참지 못하고 물어보지 않는 것. 주한은 아버지로부터 그걸 배웠다고 생각해 왔다. 유나가 처음 아빠 이야기를 꺼낸 날, 아빠한테 두들겨 맞은 이야기를 하며 울 때도 주한은 묻지 않았다. 누나가 무슨 잘못을 했는데? 하마터면 그렇게 물어볼 뻔했다. 아빠가 괜히 때리진 않았을 거잖아. 그런 생각도 들었지만 주한은 결코 물어보지 않았다.

주한은 유나를 데리고 갔던 옛 전남도청을 찾아갔다. 주한에게는 눈길도 가지 않던 평범한 장소들이 유나에게는 일일이 놀라운 듯했다. 겨울이었다. 유나는 손을 호호 불며 거리의 곳곳을 핸드폰 카메라로 찍었다. 장갑을 끼지 않아 새빨간 유나 손등을 보며 주한은 내내 불만스러웠다. 그만 찍어, 그냥 눈으로 봐, 주한은 말했지만 유나는 들은 척하지 않고 계속 사진을 찍었다. 지금 있는 건 나중에 없을 수도 있어. 기억 속 풍경, 그런 걸 어떻게 믿니. 눈에 보이지도 않는데.

유나의 말이 맞았다. 그때도 이미 시름시름 했지만 우뚝 서 있었던 도청 앞 회화나무가 이제는 없다. 유나는 버스에서 내리자마자 나무 타령을 했다. 회화나무 보러 가자, 회화나무. 주한은 그 나무를 회화나무라고 부른다는 것도 어색했다. 그냥 도청 앞 나무였다. 유나는 어디서 듣고 알았을까, 그런 걸.

그때도 지금도 주한은 생각한다. 광주에 와 본 적도 없던 유나에게 광주란 대체 무슨 의미였을까. 옛 도청 앞 회화나무 같은 걸 왜 마음에 품고 있었을까. 유나와 헤어지고 다른 여자를 만나는 동안 주한은 고향에 내려와서 굳이 도청 앞을 찾아갔다. 당시 광주는 태풍 피해가 극심했다. 광산동 일대 역시 곳곳에 입간판이 쓰러지고 현수막이 차도에 나뒹구는 등 폐허에 가까웠다. 그때 주한은 뿌리째 뽑혀 쓰러져 옆으로 누워 있는 회화나무를 봤다. 수세가 약해져 뿌리를 깊이 내리지 못하고 죽어 간다는 이야기는 들었지만 완전히 뽑혀 나갈 것이라고는 생각지 못했다. 누나, 회화나무가 죽었어. 이제는 살아나지 못한대. 당시 주한은 문자메시지 창에 몇 번이고 그 말을 입력했다 지웠다.

그리고 누나, 지금은 회화나무가 없어. 대신 어린 나무가 있네. 주한은 유나에게 그렇게 말해 주고도 싶었다. 태풍 피해로 쓰러진 회화나무는 고사 판정을 받았고, 이후 유전자가 같은 후계목이 식재되었다는 설명이 나무 앞에 붙어 있었다. 이제는 없어. 아플 때도 붕대 감고 지지대를 덧대 힘겹게 서 있었던 나무가 이제는 없어. 잠시 헤어져 있지 않았다면 같이 와서 나무를 추모할 수 있었을 텐데. 누나가 살아 있다면 언제든 와서 함께 추모했을 텐데. 이제는 영영 그럴 수가 없다, 주한은 마지막 말을 유나가 아닌 자신에게 다짐하듯 힘주어

했다.

유나라면 분명 나무를 추모하러 가자고 했을 것이었다. 그
런 유나가 가끔 바보 같아 보일 때도 있었다. 나무는 나무지,
사람도 아니고 뭘 추모해? 주한이 그런 생각을 하지 않았던
게 아니었다. 유나가 그런 말을 하는 자신에게 실망할 것이
무서웠다. 만나는 내내 주한은 유나의 뜻에 따랐고 그녀를 비
웃거나 비난하지 않았다. 유나도 그랬을 터였다. 서로를 존중
하지 않았을 때 이별은 쉽게 찾아왔다.

유나는 워킹홀리데이에서 돌아온 주한을 실패자 취급했다.
뉴질랜드에서 무슨 일이 있었는지 주한은 끝내 유나에게 이
야기하지 못했다. 유나는 그저 주한이 타지에서 적응하지 못
해 아무것도 하지 않고 돌아와 버렸다고 생각했다. 저가 항공
비행기를 골라 타고 오느라 몸은 지쳤고 환승하는 과정에서
캐리어는 웬일인지 깨져 있었다. 비행기를 갈아탈 때마다 짐
을 추스르느라 진이 빠졌다. 공항에 마중 나온 유나는 한숨
을 쉬며 주한을 탓했다. 깨진 캐리어를 함께 추스르는데 유나
에게 줄 선물이 한 짐이었다. 누가 이딴 거 사다 달랬어? 유나
는 막말하며 주한을 꾸짖었다. 고된 비행 끝에 식은땀이 나는
데다 서러워서 주한은 주저앉았다. 자신에게 말도 하지 않고
승무원이 되기를 결정한 유나였다. 이제 사회 속으로, 취업에
성공한 정규직으로 당당하게 걸어 들어갈 유나가 자신을 비

웃고 있는 것 같았다. 그래서 영어는 많이 배웠냐? 공항버스에서 주한은 유나의 말을 더 이상 듣지 않고 귀를 틀어막았다. 멋대로 귀마개를 빼며 말을 거는 유나의 행동을 참아 줄 수 없었다.

마음을 추스르고 찬찬히 이야기를 들려줬다면 유나는 이해했을 거였다. 더 이상 묻지 않고 자신을 가만히 안아 줬을 것이었다. 재회한 이후에도 주한은 뉴질랜드에서의 이야기를 꺼내지 못했다. 그때를 이야기하면 서로의 가장 아픈 순간을 지뢰 밟듯 밟고 지나가야 할 것 같아서. 주한은 그러나 유나가 살아 있다면 뭐든 이야기하고, 다시 원망하고, 다시 비난하고, 다시 싸우며 서로를 이해할 수 있을 거라고 생각했다. 언제나 그래 왔듯.

*

유나야, 승무원이라는 태그를 검색하니 전부 야한 사진뿐이다. 이게 어찌 된 일이냐.

철용은 기가 막혀서 웃었다. 유나의 SNS를 전부 뒤져 팀에서 가장 친하게 지낸 승무원 친구의 계정을 찾다 발견한 것이었다. 승무원 친구는 올리는 사진마다 #승무원이라는 태그를 달았는데, 무심코 눌러 보니 속옷 차림의 여자 사진들뿐이었다. 더러 승무원직을 수행하고 있는 사람들이 자신들의 유니폼 사진에 태그한 정직한 경우도 있었지만 각종 클럽, 룸살롱 광고에서 사용하는 경우가 더 많았다. 철용은 핸드폰을 집어 던지고 싶을 만큼 화가 치밀었다. 기내에서 겪은 성희롱을 털어놓던 유나가 생각났다. 그것과 이것이 다르지 않은 것 같았다. 씨발 좆같은 새끼들, 이 좆같은 새끼들. 철용은 뇌까렸다.

설마 제 연락을 피하시는 건 아니죠. 아니기를 바랍니다. 철용은 메시지를 썼다 지웠다. 승무원 친구는 끝내 전화를 받지 않았다. 장례식장에서 만난 다음 날 철용은 전화를 걸었다. 그때는 받지 않을 수도 있다고 생각했다. 일주일 후에도 받지 않았고 한 달 후에도 마찬가지였다. 유나의 친한 친구입니다. 여쭤볼 것이 있어서 연락드렸습니다. 부탁드려요. 연락이 닿기를 바랍니다. 철용은 문자를 보내고 메일을 보냈다. 그녀는 문자도 메일도 읽지 않았다. 부기장 아저씨가 그 친구를 꼭 만나 보래, 만나서 이야기를 들어 보래, 주한이 말했다. 주한도 계속 연락을 하고 있는데 받지 않는다고 했다. 철용은 심술이 나서 부기장 아저씨를 욕했다.

—그 양반은 하나 마나 한 소리를 하고 있어? 연락해야 되는 거 누가 몰라? 자기는 뭘 하는데, 지금.

—그 아저씨가 나서서 뭘 할 수 있는 상황은 아니지.

주한은 차분히 철용을 달랬다. 언제나 침착한 주한이 철용으로서는 놀라웠다. 한편 머쓱해지기도 했다. 유나의 어머니와 주한은 감정을 티 내지 않고 묵묵하게 견디고 있었다. 고함지르고 욕하는 건 자신뿐인 것 같아 때로 무안해지기도 했다.

— 형 아니었으면 다들 무너졌을 거야.

자신의 생각을 읽은 듯 말해 주는 주한이 고마웠다. 철용은 장례식장에서 승무원 친구, 유나와 가장 친했던 승무원 A의 명함만을 받아 둔 것을 후회했다. 이왕이면 팀원들 전체의 연락처를 받았어야 했다. 그녀가 유나와 워낙 친하게 지냈다는 것을 잘 알았기에 다른 사람들 연락처까지 필요하다고 생각하지 않았다.

승무원 A의 SNS 계정은 화려하고 우아한 사진들로만 가득했다. 유나가 죽기 두 달 전 업데이트를 마지막으로 계정이 멈춰 있었다. 주로 승무원 동료들과 찍은 사진들 속에 유나의 얼굴이 자주 눈에 띄었다. 화장을 곱게 하고 머리를 올린 예쁜 유나였다. 처음 유나가 그런 차림으로 친구들을 만나러 왔을 때 모두 박장대소하며 비웃었다.

— 유나야, 너 진짜 승무원 같다.

— 나 진짜 승무원이야.

— 오래 살다 보니 유나가 이렇게 꾸민 모습도 보네.

유나는 갑자기 짜증을 내며 다들 관두라고 소리쳤다. 평소라면 아랑곳하지 않고 계속 놀렸을 텐데 웬일인지 수심이 깊은 유나 얼굴에 깜짝 놀라 그만두었던 기억이 났다. 철용은 당시의 유나를 곰곰이 떠올려 봤다. 주한과 헤어졌을 때라 예민한 상태라고만 생각했었다. 물론 입사한 지 얼마 되지 않았을 때였으므로 더욱 힘들 것이라고 생각하기는 했다. 야, 사회생활 하니까 힘들지. 다 그런 거야, 라는 말까지 덧붙였다가는 세게 얻어맞을 것 같아서 꾹 참고 맥주를 따라 주었던 기억이 났다.

얘는 졸부라서 바보야.

유나가 그런 말로 자신을 소개할 때도 철용은 기분 나빠하지 않았다. 아무리 바보짓을 해도 유나가 자신을 떠나지 않으리라는 걸 잘 알았다. 유나가 소개해 주는 친구들은 하나같이 철용을 이해했고 유나처럼 철용을 마냥 아껴 주었다. 철없이 구는 철용을 대놓고 구박하는 유나였지만 그렇다는 이유로 철용을 내치지 않았다.

최근 몇 년간 유나가 자기 말에 불편한 기색을 보이고 있다고 느낄 때도 철용은 단지 기분 탓이겠거니 생각했다. 유나가 부기장 아저씨에 대해 털어놓았을 때 철용은 언제나처럼 솔직하게 물었다. 그런 의문이 드는 게 자신으로서는 당연했으므로.

—부인 병원비가 많이 드는 거야? 조종사 연봉은 굉장히 높지 않아? 왜 노조 하는 거야?

—부인 병원비, 전혀 들지 않는데.

—그럼 왜?

—뭐가 왜야?

—아니, 고액 연봉자인데 왜 노조 하는 거냐고.

유나는 한숨을 쉬었다. 주한이 형 그만해, 하며 철용의 말을 막았다.

—나는 잘 몰라서 그래. 승무원 노조가 필요하다는 건 알겠어. 왜 조종사 노조가 있는 거야?

—내가 너 종부세 환급받은 걸로 어학연수 갈 때 뭐라고 한 적 있었냐?

유나는 뜬금없이 그 이야기를 꺼내며 으르렁거렸다. 철용은 어이가 없어 재차 물었다. 내가 몰라서 그러는 거잖아. 나는 정말이지 고액 연봉자들이 연봉 협상 투쟁하는 이유를 모르겠다고. 항상 차분하게 설명해 주던 유나가 너랑 말하기 싫다며 고개를 돌려 버렸다. 유나가 떠나기 며칠 전이었다. 철용은 주한에게 따져 물었다. 내가 잘못한 거냐? 내가 모르는 부분 있으면 설명해 주면 되잖아. 왜 부인이 병원에 있다는데 노조 활동해서 잘리기까지 하는지 그것도 나는 이해가 잘 안 된다고. 주한이 말했다. 형, 돈이 전부가 아니야. 철용은 그때 주한의 말을 오해했다. 너도 지금 나 졸부라는 이야기 하려는 거야, 이 와중에?

유나가 떠난 지금도 철용은 장례식장에서 주한이 그랬듯 차분하게 설명해 주었다면 좋았겠다고 생각했다. 조종사 노조가 그토록 힘겹게 투쟁하는 까닭을 설명해 주었다면. 정직 처분이 얼마나 부당한 거였는지 알려 줬다면. 객실승무원 노조가 있어야 하듯, 조종사 노조도 있어야 하는 까닭을 알려 줬다면. 고액 연봉을 받든 받지 않든 아저씨도 노동자이므로. 돈이 전부가 아니야, 라는 말이 나온 맥락이 그러했다는 걸 자신도 주한의 설명을 듣고 이해할 수 있었다. 유나는 언제나 그렇게 찬찬히 설명해 주었다. 그런데 왜.

철용은 자신이 한심하게 여겨져 견딜 수 없었다. 유나가 죽었는데도 나는 이기적인 생각만 하고 있구나. 서로 죽일 듯이 싸워도 웃고 털어 버릴 수 있었던 날들이 그리웠다. 철용은 승무원 A의 계정에 떠 있는 유나의 얼굴을 한참 동안 들여다봤다. 내가 모르는 유나도 있는 거지. 주한만 알고 있는 유나도 있듯 승무원 A만 알고 있는 유나도 있을 터였다. 유나가 죽기 전에는 굳이 해 보지 않은 생각이었다.

＊

— 여보, 나 잠깐 나갔다 올게.

영훈은 간병인이 있다는 걸 잊고 혜진에게 말했다. 간병인이 흘끔 쳐다보았다. 영훈은 재빨리 병실을 나섰다. 편의점에 들러 필요한 물건을 사고 담배도 피우고 올 요량이었다.

입원실처럼, 무기력한데도 시끄럽고 북적이는 상반된 상태가 공존하는 기묘한 공간이 1층 접수처였다. 어쩐 일인지 젊은 학생들이 많아 영훈은 눈살을 찌푸렸다. 별로 아프지도 않아 보이는데 대학 병원에 드나드는 꼴이라니. 영훈은 금세 자신의 생각에 깜짝 놀랐다. 이렇게 병원에 오래 있다 보면 얼마나 망가지게 될까. 틈만 나면 대학생들을 비웃고 욕하는 자신이 한심스러웠다. 혜진이 캠퍼스 내에 있는 병원에 입원하지 않았더라면 하지 않았을 생각들이었다. 불행이 쉽게 사람을 망가뜨렸다. 맞서 싸워온 날들이었지만 요즘 같아서는 자신이 없었다.

노란 재킷과 연두색 치마, 파란 물방울무늬 원피스. 그런 여학생들의 옷차림을 지켜보며 걷던 영훈은 그녀들 옆에 앉은 중년 여자를 발견하고 걸음을 늦췄다. 자기 걸음이 왜 느려지는지 영훈은 얼른 알지 못했다. 내가 아는 사람인가. 그렇다고 하기에 여자의 얼굴은 퍽 낯설었고 그녀가 누군지, 그녀의 이름이 무엇인지, 어디에서 알던 사이인지 떠오르지 않았다. 분명 모르는 사람은 아니었다. 며칠 전 엘리베이터에서 만난 간호사일 수도 있다. 적어도 전에 한 번도 본 적 없는 얼굴은 아니었다. 영훈의 가슴이 뛰었다. 영훈은 그녀의 이름을 몰랐다. 예나 지금이나. 그녀의 이름을 부를 필요는 없었으므로. 언제나 사모님이라고만 하면 문제없었으므로.

대령 부인이었다. 정확히는 유나 엄마였다. 영훈의 가슴이 미친 듯이 뛰었다. 정근을 만났을 때와는 달랐다. 그를 만났을 때는 예상외로 무감했다. 그가 자신을 알아보지 못하는 것만큼이나. 정근에게서 연락이 올 거라는 최 기장의 연락을 받았을 때도 그랬고, 정근을 직접 맞닥뜨렸을 때도 그랬다. 그러나 그녀가 유나 엄마라는 사실을 깨닫는 순간 영훈은 작게 충격을 받았다. 유나 엄마가 찾아온 것이다. 혜진에게.

그녀가 과거 유산 후유증을 앓던 혜진을 찾아온 적 있었다는 사실을 영훈도 알고 있었다. 혜진은 몇 년 후 그 사실을 털어놓았다. 유나가 자신들 집에 머무른 마지막 날 밤, 바람도 쏠 겸 유나를 배웅하겠다고 나갔던 혜진은 얼굴이 파랗게 질려 돌아왔다. 유나는 집에 잘 갔어? 묻는 영훈에게 맥없이 고개만 끄덕일 뿐이었다. 유나를 돌려보낸 후 그들에게는 아무일도 일어나지 않았다. 대령 부부는 그들이 며칠간 유나를 데리고 있었던 사실을 영영 모른다고, 영훈은 굳게 믿고 있었

다. 집 안 냉장고가 난데없이 채워져 있을 때도 혜진은 친구
가 들러 해 주고 갔다고 둘러댔었다.

─사모님은 알고 있었어. 왜 유나를 데리고 있었는지도 따
져 물었어. 결코 윽박지르지는 않았지만. 나는 적어도 따귀
한 대는 맞을 거라고 생각했어. 유나가 스스로 머무른 거라고
는 해도 애 말만 듣고 연락하지 않은 건 잘못이니까. 애초에
당신이 유나가 서울에 갔다고 거짓말하기도 했고. 그런데 사
모님은 몇 번 묻더니 그저 집을 정리해 주고 나를 보살펴 주
기만 하는 거야. 돌아갈 때까지도 나는 계속 혼날까 봐 걱정
하고 있었는데.

영훈은 대령 부인, 아니 지숙에게 다가갔다. 지숙은 영훈
을 보고 일어섰다. 시간이 많이 흘렀으나 여전히 나이보다 훨
씬 젊어 보이는 미인이었다. 단정하게 정리한 단발머리를 매만
지며 지숙은 미소를 지었다. 영훈이 가까이 가자 지숙은 손을
내밀었다.

─잘 지냈어요? 아저씨.

─사모님, 여긴 어떻게······.

─주한에게 이야기 들었어요. 부기장 아저씨가 운전병 아
저씨였다는 이야기.

지숙은 잡은 손을 놓지 않고 계속 말했다.

─그리고 아줌마가 많이 아프다는 것도.

병실에 들어선 지숙은 말없이 혜진의 침대 곁에서 한동안 고개를 숙이고 서 있었다. 시선은 혜진을 향하고 있었으나 그녀의 얼굴을 관찰하는 걸로 보이지는 않았다. 영훈은 그 모습을 보며 마음속으로 혜진에게 말했다. 여보, 유나 엄마가 왔어. 옛날에도 그랬다며. 유나 이야기 하기 전에 아기 이야기부터 했었다며. 오늘도 유나 이야기를 하지 않고 당신이 아픈 이야기부터 해. 유나가 죽었는데. 내가 어떻게 해야 할까. 무슨 이야기를 어떻게 나눠야 할지 자신 없어.

— 아저씨, 많이 힘들었겠어요.

침묵을 깨고 지숙이 말했다.

— 내가 마지막으로 봤을 때도 아팠는데 지금도 아프네요, 아줌마는.

왜 아저씨는 예나 지금이나 불행하기만 해요, 묻던 유나가 생각나서 영훈은 울컥했다. 영훈은 지숙에게 보이지 않으려 노력했으나 결국 눈물을 떨어뜨리고 말았다. 유나가 생각나서 흘리는 눈물이었다. 그러나 오랫동안 아픈 부인을 간호하느라 지친 남자의 눈물로 보여도 상관없을 듯했다. 지숙이 어떻게 생각해도 좋았다. 그녀 앞에서 유나 이야기를 먼저 꺼낼 수는 없었다.

— 아줌마, 왜 아픈 거예요?

— 뺑소니를 당했어요.

— 범인은 잡았어요?

— 아뇨, 못 잡았어요.

지숙은 길게 한숨을 쉬었다. 지숙은 가습기를 들어 협탁
가운데로 옮겼다. 어느새 가습기가 협탁 끝에 밀려와 있었던
모양이었다. 이게 자꾸 이렇게 밀려오나 보네요, 지숙은 협탁
위에 깔린 유리를 매만지며 중얼거렸다. 지숙은 뭔가 생각난
듯 가방을 뒤졌다. 하얀 레이스가 달린 아기자기한 조각보였다.

— 요즘 이런 거 잔뜩 만들고 있거든요. 여기 깔아 두면 좋
겠네요.

지숙이 도와 달라는 손짓을 했다. 얼결에 영훈은 가습기를
들어 협탁 유리 위에 조각보를 까는 일을 도와주었다. 고맙
습니다, 영훈의 말이 끝나기도 전에 지숙은 가습기를 들고 화
장실에 들어갔다. 청소를 좀 해야겠네요, 하던 지숙은 멋쩍게
말했다.

— 미안해요. 부산스럽게 굴어서.

— 아닙니다, 사모님.

— 사모님이라고 하지 마세요. 그냥 유나 어머니라고 해도
돼요.

지숙은 별안간 유나 이야기를 꺼내 놓고, 돌아서 가습기를
분리해 세척하는 일에만 열중했다. 영훈은 어찌할 바 모르고
화장실 문간에 기대서 있었다. 물색없이 지숙의 뒤통수만 빤

히 바라보는 영훈에게 지숙은 덤덤하게 말했다.

　─유나가 많이 힘들어했죠? 난 그걸 알아주지 못했어요. 먹고사는 데 바빠서.

　영훈은 무너지던 유나의 모습을 떠올렸다. 유나는 혜진이 누워 있는 침대 곁에서 무릎을 꿇었다. 영훈은 유나를 일으켜 주고 싶었다. 유나야, 네 잘못이 아니야. 단호하게 말하며 유나를 일으켜 세우고 싶었으나 영훈은 꿈쩍도 할 수 없었다. 내 잘못이 아니라면 누구의 잘못인가요? 결국 우리들이 잘못한 건가요? 영훈은 말하기도 전에 이미 유나의 대답을 들어 버렸다. 자신의 위로 따위는 그녀에게 아무런 힘이 되어 줄 수 없다는 걸 영훈은 알고 있었다.

　─그래도 제가 도와줬어야 하는데 그러질 못했습니다.

　지숙은 미소를 지었다. 영훈은 그런 지숙에게 어디까지 알고 있느냐고 묻고 싶었다. 고작 그까짓 일로 나약하게 죽을 생각을 해, 병원 근처에서 왁자지껄 떠들며 걸어가는 학생들 때문에 차도로 밀려나며 자기도 모르게 중얼거렸던 말을 생각했다. 영훈은 금세 그런 자신의 생각을 경멸했으나 돌이킬 수 없었다. 그것도 일부 자신의 진심이었다.

　─아저씨, 무슨 일이 있었던 거죠?

　지숙은 의자에 앉으며 차분하게 말했다.

　─그동안 무슨 일이 있었던 건지 들려줄 수 있겠어요?

*

   최 기장은 영훈에게 살갑게 대해 주는 거의 유일한 상사였다. 영훈이 B항공에 입사할 당시만 해도 사관학교나 장교 출신이 아닌 조종사는 그리 많지 않았다. 영훈 역시 서류상으로는 공군 출신이었으나 장교 개인 운전병으로 복무한 그의 경력은 밝혀 봐야 우스갯거리가 될 뿐이었다. 그는 오랫동안 직업 군인으로 복무한 자들이나 일반적인 경우의 현역 병들처럼 군을 겪어 보지 않았다. 그렇다 하더라도 조종사로서 그의 자격은 부족하지 않았다. 다른 자들처럼 고된 훈련에 임했고 반복해서 이뤄지는 고통스러운 체력 테스트를 통과했다. 그러나 그는 그자들과 같을 수 없었다. 시간이 갈수록 명확해지는 사실이었다.

   영훈과 혜진은 평택을 떠난 후에도 한곳에 정착하지 못했다. 대령의 집을 떠난 후에 심지어 그들은 한동안 떨어져 지냈다. 영훈이 조종사가 되겠다는 꿈을 꾸었기 때문이었다. 영훈은 항공대에 입학하는 조건으로 기숙사에 살아야 했고, 혜진은 대학 병원에서 일하느라 서울에서 지냈다. 혜진은 주말마다 항공대가 있는 지역에 시외버스를 타고 찾아왔다. 훈련을 마치고 보는 혜진이 낯설 때도 있었다. 영훈은 어떤 의미에서는 비로소 군 생활을 하는 기분이 들었고 그때마다 화가 치밀었다. 혜진은 소읍의 모텔 방에서 종종 링거를 놓아 주었다. 링거 걸이 대신 낡은 나무 행거에 연결해서 주삿바늘을 꽂고 있을 때면 이건 뭔가 잘못된 풍경이라는 생각도 들었다. 영훈과 혜진은 모두 침묵했다.

그 시간을 함께 견뎠다.

수액이 천천히 떨어지는 동안 투명한 링거 팩에 비치는 그 너머의 풍경. 습기에 일부 울어 버린 꽃무늬 벽지와 멋없이 커다란 벽시계 같은 것. 누군가 문짝을 주먹으로 내려쳤는지 깨져 목재가 드러난 작은 옷장 문 같은 것을 가만히 지켜보는 일도. 그때 꿈꿨던 미래가 정확히 어떤 것이었는지 영훈은 기억하지 못했다. 그땐 조종사는 하늘을 나는 사람이라기보다는 항공사의 직원이라는 사실을 실감하지 못했으므로.

영훈은 기장 승격 과정에 합격하지 못하는 건 자신의 탓이라고 생각했다. 플라이트 시뮬레이터의 프로그램과 실제 항로를 지나는 과정이 별다르지 않게 여겨질 때 영훈은 공포스러웠다. 가상 훈련과 실제 훈련은 달랐다. 자신에게는 자질이 없었다. 입사한 지 10년이 지났으나 여전히 부기장으로 남아 있는 건 순전히 자신의 탓이었다. 영훈은 그렇게 믿고 있었다. 수많은 승객들의 목숨과 직결되는 일이었다. 항공기 운전에 관련된 한 어떤 부정도 끼어들 수 없었다. B항공이 어떤 방식으로 직원들을 관리하려 들든 비사관학교 출신이라는 이력이나 노총과 연계한 핵심적인 활동을 한 노조 경력이 문제될 수는 없었다. 영훈은 굳게 믿고 있었다.

최 기장은 영훈을 자주 챙겨 주었다. 그의 본의를 예나 지금이나 짐작할 수 없었으나 살가운 것만은 드러나는 사실이었다. 노조나 비사관학교 출신을 어떻게 보고 있는지, 그가 회사 본부와 얼마나 가깝게 지내는지 영훈은 잘 알고 있었다. 최 기장은 동료들 사이에서 대표적인 사측 인사로 일컬어졌다. 그와 친하게 지낼 생각까지는 없었으나 그렇다는 이유로 멀리할 필요도 없었다. 최 기장은 농담처럼 자네도 이제 패권 노조 그만두게, 따위의 말을 했으나 영훈은 귀담아듣지 않았다.

B항공이 오랫동안 관행처럼 해 오던 의전, 국토교통부 관계자들에 대한 좌석 특혜를 언론에 공개한 영훈에게 정직 처분이 내려졌을 때도 가장 먼저 연락해 온 사람이 최 기장이었다. 쓸데없는 짓을 잘도 한다며 최 기장은 그를 꾸짖었다.

— 자네 아내를 생각해. 그렇게 누워 있는 것도 교통사고 때문 아닌가? 조종사는 모든 일에 눈감고 그저 운전에만 집중해야지. 본업이 운전이야 폭로야?

유나는 최 기장의 말을 전해 듣고 코웃음을 쳤다. 운전에 집중하라면서 도저히 집중할 수 없게 만들잖아요, 회사는. 유나는 견과류 세트를 잔뜩 건네며 아침마다 챙겨 드시라고 덧붙였다. 아저씨 회사 못 나오면 뭐 먹고 살아요. 먹고살 수 있어요? 그렇게 말하는 유나가 옛날의 중학생 같아 보였다. 공항 카페에서 만나 이야기를 나누다 최 기장의 눈에 띄었을 때도 도리어 눈치 보는 쪽은 영훈이었다. 정직 처분이 내려진 상태로 사원들을 만나고 다니는 것이 좋아 보이지 않으리라는 건 당연했다. 영훈은 자신 때문에 유나가 피해를 볼까 걱정되었다. 정작 유나는 그런 영훈에게 쓴소리를 했다. 아저씨도 월급쟁이처럼 행세하는 거예요?

최 기장이 유나 이야기를 꺼냈을 때 영훈은 치욕스러운 기분이 들었다.

— 그 아버지가 공군 출신인지는 몰랐지. 자네랑 어울려 다니기에.

그는 또다시 쓸데없는 일에 엮이지 말고 건강부터 챙기라고 신신당부했다. 집으로 홍삼 진액을 몇 포 부쳤다는 말도 덧붙였다. 그 아버지 만나고 그러지 마. 회사에서 문제 있어서 죽었다는 식으로 산재 처리라도 받아 낼 모양인데 양심 있는 인간이라면 그러면 안 되지. 이혼하고 10년 동안 제대로 애를 보지도 않았다던데. 이제 와서 찌르고 다니는 게 부끄럽지 않나. 영훈은 그의 말을 한귀로 흘려듣다 자기도 모르게 말했다.

— 당신, 왜 나에게 접근합니까.

— 뭐야?

— 유가족에 자격이라도 필요합니까? 나도 그 아이 유가족이나 다름없어요. 더 이상 유나 이야기는 꺼내지도 마십시오.

영훈은 최 기장의 대답을 듣지 않고 전화를 끊어 버렸다. 한동안 두 무릎 사이에 고개를 처박고 있던 영훈은 문득 자신이 처음으로 다른 사람 앞에서 유나를 유나라고 불렀다는 사실을 깨달았다. 회사 사람에게. 더구나 최 기장에게. 유나가 살아 있었다면 결코 하지 않았을 실수였다. 영훈은 유나가 자신과 가깝다는 사실이 알려져 피해를 입을까 봐 각별히 조심했다. 그런 티가 날 때마다 유나는 서운해했다. 우린 월급쟁이야. 그 이상의 존재가 아냐. 노조도 그 때문이야. 일이 커지는 걸 막을 필요도 있어. 그런 말을 해 주고도 싶었지만 자신을 돕겠다며 나선 유나에게 훈계하듯 말하기는 죽어도 싫었다. 난생처음 법을 공부해 본다며 노동법 판례를 뒤지는 유나에게 자신과 다른 동료들이 싸우다 지쳐 한풀 꺾였다고 고백할 수는 없었다.

회사는 네 생각보다 더 사악한 곳이야. 너 같은 승무원만 해도 얼마나 많이 있니. 너 말고도 많아. 영훈은 수도 없이 생각했지만 그러나 그런 말을 한다고 뭐가 달라질까 싶었다. 유나가 이미 받은 상처를 그런 말로 회복할 수는 없었다. 반성문을 쓰고 온 날 울부짖는 유나에게 영훈은 아무 말도 해 줄 수 없었다. 말하기 싫었고 말할 수 없었다. 그러나 미리 말해 줬다면 조금 달랐을까. 피할 수 있었을까.

혜진이 장기 입원 중인 병실은 1인실인 데다 고층이라 창밖으로 서울이 훤히 내려다보였다. 그렇게 지낼 수 있는 까닭은 역시 혜진 친척의 배려였다. 살아오는 내내 혜진 친척들의 신세를 졌다. 혜진의 죽은 양친은 전부 명문가의 자식들이었다. 만약 그렇지 않았다면 이만큼의 불행을 유지하는 일도 힘들었을 것이다. 사정이 어떤지도 모르고 회사에는 흉흉한 소문이 돌았다. 다름 아닌 이 병실 때문에.

지숙이 창 너머 허공에 우뚝 선 것처럼 보이는 저 시계의 시침과 분침을 통해 시각을 인지할 수 있는 까닭도 이 병실에 있기 때문이다.

지숙이 바라보는 창 너머 먼 데 유나가 다닌 학교 시계탑이 있었다. 영훈도 날마다 그 시계를 봤다. 손목에도, 핸드폰에도, 병실 벽에도 시계가 있었지만 습관처럼 먼 데 있는 시계탑을 통해 시각을 확인하게 되었다. 지숙도 영훈과 같은 생각을 하는지 시선을 시계탑에서 떼지 않았다. 시선을 고정한 채로 지숙은 말했다.

—고마워요, 아저씨. 유나 이야기를 들려줘서.

아저씨.

아무래도 누구에게도 말하지 못할 것 같아요. 나를 믿어 주는 친구들에게도 말하지 못했어요. 아저씨에게 그토록 당부했었죠. 아무에게도 말하지 말아 달라고. 문제화하지 말아 달라고요. 설득할 수 있을 것 같아서였어요. 그래도 진심으로 설득하면 그 아이 마음이 돌아설 거라고, 자기가 무슨 짓을 했는지 깨닫게 될 거라고 생각했어요. 내가 잘못하지도 않은 걸로 반성문을 쓰고 온 날에도 나는 그렇게 믿었죠.

아직 나는 그 아이와 진실한 대화를 나눠 본 적 없기 때문에. 그 아이가 만들어 놓은 거짓 관계에 갇혀 아무것도 보지 못했기 때문에. 장막을 걷어 내 본 적 없기 때문에. 하지만 그것조차 내 허황된 바람이었던 것 같아요.

아저씨는 그 아이를 '배신자'라고만 표현했죠. 그런 단순한 단어로 전부 설명할 수는 없을 것 같아요. 그 아이를 처음 만난 때는 여름이었어요. 팀원들과는 언제나 가족처럼 지냈고 나는 새로운 팀원들을 만날 기대에 부풀어 있었어요. 수시로 장기 비행에 동행하는 동료가 서로에게 어떤 의미인지 아저씨도 잘 알 거예요. 그 아이는 나와 나이도 같았어요. 나보다는 3년 늦게 입사했는데, 그땐 이미 이십 대 후반의 늦은 나이였기 때문에 고민이 많았다고 했어요. 처음 만난 날 그런 이야기를 내게 털어놓았죠. 패션 잡지에 삽입되는 카탈로그를 만드는 작은 회사에 다니다 왔다고. 전문대를 졸업하고 일찍 출판 디자이너로 취업해서 그때까지 근속했는데 도둑으로 몰려 쫓겨났다고 했어요. 우리는 갤리에서 이야기를 나눴어요. 그 아이와 이야기 나누며 처음으로 기내에서 와인을 마셔 봤어요. 술이 금방 깨지 않는 체질이라 일하는 중에 술을 마셔본 적은 한 번도 없었는데. 자기 이야기를 마치 다큐멘터리나 드라마에 나오는 빤한 비극처럼 덤덤하게 이야기해서 놀라웠어요.

그 아이가 말했어요.

거긴 다 나처럼 허름한 애들밖에 없었어. 우리는 평생 만져 보지도 못할 명품 가방을 수없이 봤지만 그곳은 야근 시에는 보일러나 에어컨을 꺼 버리는 일곱 평짜리 사무실이었는걸. 친한 에디터가 있었는데 물건들 윤곽을 따 달라고 부탁할 때마다 미안하다며 캔 커피를 줬어. 그런 일은 나의 당연한 업무였는데도 번번이 미안하다고 하는 에디터에게 고마웠어. 일러스트레이터 프로그램 같은 건 어떻게 다루는 거냐며, 너는 정말 능력자라고, 자기는 한글 프로그램에서 문서나 작성할 줄 알았지 다른 건 전혀 할 줄 모른다고. 늘 컴퓨터를 쓰지만 컴맹이라 아무것도 할 줄 모른다며 오류가 나면 내게 봐 달라고 부탁하곤 했어. 직원 다섯 명 있는 사무실에서 그나마 컴퓨터를 만질 줄 아는 사람이 나뿐이었어. 그게 화근이 될 줄이야.

자기가 하지도 않은 일 때문에 도둑으로 누명을 쓰고, 결백을 밝힐 필요도 없으니 다음 주부터 출근하지 말라고 했을 때 어떻게 해야 하는지 몰랐대요. 어디에 읍소해야 하는지. 어떤 방식으로 문제를 해결해야 하는지. 사무실 컴퓨터 두 대의 칩이 없어졌고 유일하게 컴퓨터를 만질 줄 알았던 자신이 도둑으로 몰렸을 때 그 아이는 저 아니에요, 란 말만 반복하다 집에 돌아와서 일주일 동안 잠만 잤다고 해요. 그리고 말했죠.

나 자신의 일인데, 귀찮았어. 그 와중에도 아침에 눈을 떴는데 출근하지 않아도 문제없어, 란 생각이 들자 해방감마저 들었어. 한심하게. 사장과 사장 부인이 번갈아 문자를 보냈는데 내용은 '없던 일로 할 테니 다시는 보지 말자.'였어. 다시 일주일이 지나자 사무실에 놓고 온 소지품들이 생각났어. 오랫동안 써 온 가위와 30센티미터 자, 서랍 맨 아래 넣어 두었던 초콜릿들, 컴퓨터 모니터에 붙여 두었던 가족사진.

그런 것들이 함부로 버려지리라 생각하니 죽고 싶었대요. 이왕 도둑으로 몰린 김에 새벽에 사무실 문을 따고 들어가 자기 물건들을 가져올까도 싶었지만 그곳은 늦은 새벽에마저도 누군가 일하고 있는 곳이라는 걸 깨닫고 곧 생각을 멈춰 야만 했다고.

왜 그런 이야기를 나에게 했을까요, 그 아이는.

나는 계속 곱씹어 봐야만 했어요. 그 일이 그 아이에게 일 어난 사실인지, 앞으로 우리에게 일어날 일을 암시하는 비유 적인 이야기였는지. 그 아이가 드라마 작가는 아니니까 후자 일 가능성은 없겠지만 그래도 의심스러웠어요. 처음부터 내 게 접근했던 까닭이 나를 감시하기 위해서였다면 뭐 하러 자 기 이야기를 그렇게 길게 했을까. 왜 진심 그대로를 표현했을 까. 회사의 사주를 받아 팀원으로서 내게 접근한 것도, 친하 게 지낸 것도 다 감시하기 위해서였다면 어째서 굳이 말하지 않아도 좋을 자기 과거까지 털어놓은 걸까요.

아저씨, 나는 그것 때문에 헷갈렸어요. 그 아이가 내게 털 어놓은 진심 때문에. 반 년 가까이 가장 친한 친구로 지내면 서 그 아이가 알게 모르게 회사에서 받는 차별에 힘들어했다 는 것도, 유독 면세품 판매 실적을 올리지 못하는 까닭에 압 박받고 있다는 것도 잘 알았죠. 아무리 노력해도 언제나 그대 로라고. 옛날과 비교도 할 수 없이 좋은 회사에 다니는데도 여전히 마찬가지라고. 그 말을 하며 흘리던 눈물이 어떻게 거 짓일 수 있겠어요. 아직도 거짓이라고는 생각하지 않아요. 마 지막 순간까지 그 아이는 자기 불행을 잘 표현했어요. 임원들을 만나 반성문을 쓰고 나오다 그 아이와 마주쳤고 도망가는 걸 쫓아가 붙잡았어요. 한 번만 이야기하자고. 며칠 후 그 아이와 마주 앉았어요. 아저씨와 내가 정말로 어떤 관계인지 나는 그 아이에게 한참 설명했어요. 그날 아저씨랑 같이 병원에 갔던 일을 아는 사람은 너밖에 없어. 그때도 분명 문병 가는 거라고 설명했는데 왜 불륜 관계라고 고발한 거야? 아니, 어떻게 그렇게까지 사람을 감시할 수 있어? 회사에서 시키는 것 이상으로 나를 감시했잖아. 나는 두서없이 따져 물었고 그 아이는 오히려 내게 서운하다고 했어요. 그러면 어떡해, 엑스맨 제도에서 성과를 내지 않으면 나는 완전히 쫓겨나는데.

성과. 우리 관계를 그렇게 표현하더군요.

멍하니 할 말이 없어진 내게 그 아이는 왜 말하지 않았어? 라고 물었어요.

그럼 너는 왜 부기장 아저씨가 너희 아빠 부하였다는 이야기를 진작 하지 않았어? 그랬다면 나도 굳이 오해하지 않았잖아.

오히려 내가 잘못했다는 듯 말이에요.

아저씨, 당연하다고 했잖아요. 노동자로서 싸우는 건. 어떤 거대한 이상도 없는 거라고. 노동자는 신성하지도 특별하지도 않다고. 우리가 싸우지 않으면 더 나빠지니까 살기 위해서 생존하기 위해서 싸우는 거라고. 이제 나는 아저씨의 본의도 모르겠어요. 아저씨가 기장이 될 수 없었던 까닭도 본인의 능력 부족이라고만 생각하면서, 왜 모두를 위해 앞장서서 싸우는 건지. 아저씨는 회사가 사원에게 지지 않으려고 얼마나 애쓰는지 몰라요. 아저씨가 노조 간부이며 내가 그런 아저씨와 어울려 지낸다는 사실만으로 우리를 더러운 사람들로 얼마든지 몰아갈 수 있다는 걸 아저씨는 몰랐어요. 꾸며 내지 않은 진짜로 일어났던 비극을 이용해서, 하나의 허름한 인생과 그 사람의 진심을 이용해서. 이제 나는 어떻게 해야 할지 정말 모르겠어요. 아저씨는 팀원이 나를 그런 식으로 고발했다는 말을 듣고도 동료로서 어떻게 배신할 수 있냐는 말만 했어요. 그게 전부인가요?

아저씨, 이제야 말할게요. 오래전 평택역에서 아저씨가 핸들을 꺾었을 때, 나는 아저씨가 날 죽이려고 할지도 모른다고 생각했어요. 눈을 감고 있었지만 엄청나게 빨리 달리고 있다는 걸 알았어요. 사력을 다해 안전벨트를 붙들고 있었지만 이대로 달려가다 어디 처박힐지도 모른다고 나는 생각했어요. 나는 아저씨를 믿지 않았어요. 아저씨 집에 있는 동안 잊어버리려고 했던 거예요. 아저씨가 나를 죽일지도 모른다는 걸. 아저씨가 해 준 카레를 앞에 두고 그 사실을 다시 깨닫고 몸서리쳤어요. 나의 여러 가지 진심들 중에서 가장 우선하는 진심을 위해 다른 마음을 밀어 둔 것뿐이었어요.

아저씨, 말하지 못한 게 있어요.

그 아이에게 나를 감시하라고 했던 사람이 아저씨랑 친한 그 아저씨였대요.

최 기장 아저씨.

*

아버지는 시래깃국을 끓이며 연신 주한을 돌아봤다. 자주 오니 좋다고 웃음을 감추지 않았다. 아버지가 아끼는 마호가니 둥근 밥상에 이미 몇 가지 찬이 차려져 있었다. 둥근상이라니 뭘 올려놓아도 맛있겠다. 유나는 신나서 둥근상, 둥근상 몇 번을 발음했었다. 어디에 있든 유나를 생각하면 아찔한 상실감이 등줄기를 훑었지만 주한은 묵묵히 그 순간을 보냈다. 주한은 어디서 얻었는지 군인들이 입는 깔깔이를 입고 국을 끓이는 아버지를 지켜봤다. 집에 오면 손 하나 까딱하지 않고 아버지를 부려 먹기만 한다며 유나는 타박했었다. 언제나 주한은 둥근상에 앉아 아버지를 지켜만 봤다. 수저 하나도 못 놓게 하는 아버지였다. 아버지의 살가움이 벅차 침을 꿀꺽 삼켰다. 다시 울음이 터질 것처럼 목구멍이 따끔거렸다.

—유나 아버지는 잘 계시고?

—네. 유나가 회사에서 억울한 일을 당한 게 있어서 그걸 알아보고 계세요.

아버지는 아무 말도 없이 국에 밥을 말아 훌훌 넘겼다. 주한도 아무 말 없이 국에 밥을 말아 먹었다. 아버지는 주한의 앞 접시에 장아찌를 놓아 주었다. 망설이는 듯하더니 아버지가 물었다.

— 경찰에서는 하는 것도 없고?

— 어떻게 죽었는지에 대한 조사는 끝났으니까요.

아버지는 국그릇을 들어 남김없이 들이켰다. 숟가락을 내려놓고 보리차를 들이켜며 입을 헹군 아버지가 휴지로 입가를 닦으며 기어이 한마디를 했다.

— 오살할 새끼들.

주한은 오랜만에 들어 보는 욕이라 생각했다. 젊은 아버지는 눈물도 잔정도 많았지만 욕도 많이 했다. 갈수록 아버지는 욕이 필요한 상황에 그저 쓴웃음을 짓고 말아 버리곤 했다. 주한은 그게 아쉬웠다. 주한이 살던 고시원이나 옥탑방에 와 봤을 때도 아버지는 그렇게 욕했다. 곧 아버지가 돈이 없어 좋게 살게 해 주지 못해 미안하다는 말을 늘 덧붙이곤 했지만. 뉴질랜드에 다녀왔을 때도 마찬가지였다. 아버지, 저 돈한 푼 못 받았고 놀러 다니지도 못했어요. 유나에게도 털어놓지 못한 이야기를 아버지에게는 털어놓을 수 있었다. 함께 누운 새벽 아버지는 몇 번을 일어나 앉았다 다시 누웠다를 반복하며 욕을 퍼부었다. 우리 아들 괴롭힌 새끼들 혼내 주러 갈 수도 없고. 아버지가 능력도 없고. 아버지는 욕을 하면서도 주한이 베고 누운 베개를 고쳐 놓아 주었다. 머리통 밑으로 들어오는 아버지 손길을 느낄 때마다 주한의 마음은 번번이 가라앉았다. 아버지 욕을 몇 차례 더 들으면 전부 잊어버릴 수도 있겠다고 느낄 만큼.

광주에 내려오기 전날 주한과 철용, 정근은 철용 부모가 운영하는 식당에 모여 식사를 했다. 어머니도 같이 오시면 좋았을 텐데, 철용은 자꾸만 눈치 없는 소리를 지껄였다. 주한은 정근의 눈치를 살폈으나 그리 불쾌해 보이지는 않아 다행이라고 생각했다. 철용의 아버지가 직접 불판을 갈아 주며 정근에게 인사를 건넸다. 철용의 어머니도 과일과 케이크를 직접 내주었다. 주한은 여전히 정근에게 데면데면 대했으나 정근은 유나 친구들과 함께 있는 순간임을 자각할 때마다 벅찬 감정을 느꼈다. 철용은 저희 집에서 가장 좋은 소고기예요, 떠들며 정근에게 술을 따라 주었다.

— 학교에도 노조가 있잖아. 그것도 깜박하고 살았다.

— 형 노조 하게?

— 내가 뭣 하러.

— 그럼 왜 관심을 가져.

— 있다는 걸 잊고 살았다고. 인지하고 있었으면 조종사 노조가 왜 필요하냐는 그런 이야기는 안 했을 텐데.

화내는 유나를 동시에 떠올린 주한과 철용은 한동안 말없이 담배를 피웠다. 멀리서 정근이 쭈뼛대고 있었다. 철용이 반죽 좋게 다가가 정근을 붙들고 흡연 구역으로 이끌었다. 주한과 정근을 남겨 둔 채 철용은 뭔가 잊었다며 식당 안으로 들어가 버렸다. 정근은 땅바닥을 보며 담배를 피웠다. 주한은 한동안 말없이 식당 지붕에 얹힌 기와를 바라보다 무심코 말했다.

— 유나의 글들 발견하셨나요?

— 아니, 단 하나밖에 못 봤네.

— 아버님, 운전병 아저씨 만나셨죠?

— 운전병 아저씨?

— 부기장 아저씨요.

주한은 대궐같이 으리으리한 철용 부모의 식당에 들어오는 승용차를 관찰하며 가만히 서 있었다. 정근의 표정을 알기 위해 그의 얼굴을 돌아볼 필요는 없었다. 손님의 차 열쇠를 받아 들며 고개를 숙이는 철용을 보며 주한은 피식 웃었다. 철없이 밝은 사람이 숨기고 있는 고통 같은 것도 유나를 만나기 전에는 상상해 본 적 없었다.

— 무슨 욕을 먹든 유나의 억울함을 풀어 줄 사람은 아저씨랑 아버님밖에 없으니까요.

주한은 여전히 정근을 돌아보지 않은 채 말했다.

*

　기적은 오늘도 일어나지 않았다. 혜진은 아직도 누워 있다. 지숙이 다녀간 후 영훈은 전보다 더 많이 상상했다. 기적처럼 혜진이 눈을 뜨는 순간을. 자신들 삶에서 일어났던 소소한 기적을 끊임없이 떠올리며 그때처럼 새로운 삶이 허락된다면 어떨까, 누군가에게 무릎을 꿇고 간절히 청하듯 생각했다.

　그러나 깨어난 혜진에게 이제껏 있었던 이야기를 어떻게 들려줄지 영훈은 고민해야 했다. B항공에서 영훈과 유나가 마주친 후 그녀에게 일어났던 일련의 일들. 혜진이 모르는 영훈의 일은 그뿐이었다. 아마 혜진은 영훈을 꾸짖을 것이다. 혜진이었다면 용기를 내서 유나 부모에게 연락하고, 유나가 어떤 상황에 처해 있는지 알려 그녀를 돕게 했을 것이었다. 유나가 좌절하지 않도록 날마다 불러 즐거운 일들을 도모하며 함께 시간을 보내려 애썼을지도 몰랐다. 영훈은 다시 밀려오는 자괴감에 눈을 질끈 감고 말았다.

　주한과 철용에게 유나와 같은 팀원으로 근무했던 승무원 A를 찾아내라고 말하기는 했으나 스스로의 생각에도 무책임한 처방이었다. 유나도 그녀를 설득하지 못했다. 그래도 그녀가 유나의 장례식장에 찾아와 달라는 대로 명함을 주고 갔다는 사실이 영훈으로서는 기대할 만한 일이었다. 승무원 A를 움직일 수 있을까. B항공의 엑스맨 제도를 폭로하고 다름 아닌 그 일 때문에 유나가 좌절했다는 것을 세상에 밝혀낼 수 있을까. 영훈은 승무원 A를 설득할 수 없다는 것을 거의 확신하고 있었다. 그래도 유나 가족과 친구들이라면 그 사실을 알아야 했다. 승무원 A가 입을 열지 않는다면 유나의 부탁을 무시하고서라도 자신이 나서야 했다. 혜진이었다면 벌써 발 벗고 나섰을 것이다.

정근은 병원 로비에 한동안 앉아 있었다. 문자메시지 창에 지숙이 적어 보내 준 병실 호수가 띄워져 있었다. 엘리베이터를 타고 올라가기만 하면 되는데, 로비에 앉아있다 보니 좀처럼 일어날 수 없었다. 윤 대령의 장례식에 찾아가지 못했던 것과 그의 부인에게 사과의 말을 하지 못했던 것부터 오랫동안 찾아가지 않은 고향의 풍경까지 정근의 머릿속을 사로잡았다. 대학 병원이라 그런지 대학생으로 보이는 객들이 로비 곳곳에서 눈에 띄었다. 자신이 보지 못한 유나의 대학 시절 모습을 정근은 그리워했다. 그때 윤 대령의 가족에게 제대로 사과했다면 유나를 계속 볼 수 있었을까. 정근은 생각했다.

영훈은 간병인에게 병실을 맡기고 엘리베이터에 탔다. 흡연 구역으로 가는 길은 언제나 먼 여정처럼 여겨졌다. 가는 길에 마주쳐야 하는 수많은 사람들, 마치 서로에게 무심한 아파트 이웃들처럼 스쳐 가는 사람들을 보는 일도 피곤하기만 했다. 실습 나온 듯 수다를 떠는 앳된 의대생들을 보면 유나가 생각났고, 간호사들이나 식판을 나르는 일꾼들을 보면 옛날의 혜진이 생각났다. 영훈은 슬리퍼를 끌며 로비를 가로질러 걸어갔다. 한여름이었다. 비교적 건강한 환자들은 환자복 소매를 둘둘 말아 걷고 오갔다. 입원을 준비하는지 캐리어를 몇 개씩 끌고 들어오는 한 무리의 가족, 그리고 영훈에게는 낯설지 않은 남자가 함께 눈에 띄었다. 얼마 전 공항 카페에서 본 남자였다. 대령이었다. 영훈은 자기도 모르게 유나 아버지, 외쳤다. 공항에서 봤을 때와 다르게 친밀하게 느껴졌다. 영훈은 그에게 다가갔다.

지숙에게 사정을 듣고 난 후 정근은 이제 자신이 무엇을 해야 할지 조금 알 수 있었다. 유나가 남긴 글을 영원히 발견하지 못한다면 스스로 애써 추적해야 할 것이었다. 생전의 유나가 만났던 사람들 전부를 만나는 노력을 해서라도. 10년간 꼼짝없이 경비실에 앉아 'KF-16 태스크포스 출범 기념'이란 글자를 강제로 응시해야 했던 날들을 갚아 나가듯 유나의 죽음의 진실을 밝히겠다고 정근은 다짐했다. 오래전 운전병이었던 부기장과 그 부인을 만나 사죄하는 일도 유나가 원한 것일 터였다. 정근은 선뜻 병실을 찾아가지 못하는 자신의 처지를 짐작이라도 한 듯 다가오는 영훈을 보며 다짐했다. 옛날의 자신으로 물러서지 않겠다고. 그러는 와중에도 정근은 유나를 때리던 날 쓰러져 있는 지숙의 곁에서 유나가 자신에게 했던 말, 저주에 가까웠을 그 말이 정확히 무엇이었는지 끝내 떠올리지 못했다.

작가의 말

　이 소설을 쓰면서는 내가 끝내 포기할 수 없었던 것들에 대해 생각했다.
　작가로서 지키고 싶은 이미지, 모티브, 인물 같은 것들.
　'죽은 자의 남겨진 목소리'로 재현되는 유나의 일기와, 화자인 아버지의 서사.
　이것이 온당한가, 에 대한 생각도 제법 했다.
　끝내 포기할 수 없던 것들을 포기하지 못한 채, 이 이야기를 세상에 던져 놓는다.
　2016년 봄에 초고를 쓰고, 2018년 봄에 수정했다.

2018년 여름
하코다테에서, 박민정

오염된 진실의 편에서

천희란(소설가)

민정과 나는 오랫동안 서로가 쓴 모든 소설의 초고를 읽어왔다. 우리는 일상적으로 서로의 소설에 대해 이야기를 나눈다. 이 글을 쓰기 위해 『미스 플라이트』를 두고 대화를 나누던 날도 평소와 크게 다르지 않았다. 녹음기를 켜기는 했지만 늘 그렇듯이 대화는 두서없이 이어졌다. 민정은 내 질문에 성실히 답을 하다가도 어떤 순간에는 도리어 내게 질문을 던졌고, 나는 수시로 준비한 질문을 잊은 채 내가 읽은 그의 소설에 대한 감상을 늘어놓는 데에 더 많은 시간을 할애했다. 작품 안팎을 둘러싼 수많은 이야기가 오갔지만, 이 소설에 관해 무엇을 쓰고 싶은지를 찾아내는 일은 어렵지 않았다. 여름이 시작될 무렵이었고, 익숙한 민정의 작은 책상 앞이었고, 무엇도 새삼스럽지 않았다.

어떤 소설은 단 한 문장, 혹은 인상적인 한 장면으로부터 출발하기도 하지만, 또 어떤 소설은 보다 다양한 계기와 동기가 쌓여 시작된다. 『미스 플라이트』는 후자의 경우다. 강도 높은 신체 노동과 감정 노동을 견뎌야 하는 승무원의 삶이나 민간 항공사의 조종사들이 대다수 퇴역한 공군이라는 사실은 일찍이 알고 있었다. 과거 이력의 영향 아래 있는 민간 항공기의 조종사들과 노조조차 존재하는 않는 승무원들의 생태계에 대해 써 보고 싶다고 생각한 것도 이미 오래전의 일이다. 작품 내에 직접 언급한 것과 같이 여성 승무원의 이미지가 공공연한 성적 대상으로 소비되고 있다는 사실도 이 이야기를 써야겠다고 결심하는 데에 영향을 미쳤다. 거기에 피해자인 딸을 구하러 가는 부성애 서사의 장르적 비틀기를 시도해 보려는 것으로부터 이야기는 좀 더 구체적인 형태를 갖추게 되었다. 그러나 독자로서는 다소 의외일지도 모르는 지점에서 이 소설은 본격적으로 세상에 나올 준비를 마친다. 젊은 부부가 아이를 납치하는 이야기가 바로 그것이다.

정근의 운전병인 영훈은 서울로 현장학습을 가는 유나를 배웅하던 차를 돌려 자신의 집으로 향한다. 유나는 그 사실을 가족에게 알리지 않은 채 그로부터 3일간 영훈과 혜진의 집에 머문다. 영훈과 혜진이 상관의 아이인 유나를 극진히 돌보는 것은 의무의 이행인 동시에 부모가 되고자 하는 간절한 바람의 표출이기도 한 바, 첫 아이를 유산한 절망적 순간 유나를 향한 영훈의 복잡한 심경을 이해하기란 어렵지 않다. 그러나 이 유괴 사건이 작품 내에서 특별한 위치를 갖게 되는 것은 유나가 자발적으로 유산한 혜진의 곁에 머물기를 바라게 된다는 점에 있다. 박민정은 그것을 그들의 범죄에 대한 유나의 공모라고 말한다. 유나는 어째서 그들의 공모자가 되며, 유나가 그들의 공모자가 된다는 것은 무엇을 의미하는가.

유나가 "아저씨 군 복무에 대령 부인의 차를 운전하는 일까지 포함되어 있었는지 나는 아직도 모르겠어요."(136쪽)라고 과거를 술회하는 장면은 그 이유를 유추할 수 있는 단서를 제공한다. 이어 집으로 무사히 돌아온 유나와 엄마 지숙의 대화는 앞선 추측에 대한 확신을 심어 준다. 유나는 말한다. "어떻게 그것도 몰라요? 아줌마 배부를 때까지 불러다 일 시켜놓고."(148쪽) 즉, 영훈의 납치에 대한 유나의 공모는 자신이 속한 사회의 위계질서를 인식하고 있는 조숙한 아이인 유나가 느껴 온 어렴풋한 반감이 가시적인 갈등으로 점화되는 사건인 셈이다. 납치 사건 이전의 유나가 영훈이 운전하는 차의 뒷좌석에 앉았다가 정근의 시야에서 벗어나면 앞좌석으로 옮겨 타는 방식으로 부모들의 위계적 규율을 위반했다면, 이제 유나는 보다 직접적으로 그들의 권위에 도전한다.

여기에서 나는 박민정의 소설에서 납치의 모티프가 드물지 않게 등장해 왔다는 사실을 떠올린다. 첫 작품집 『유령이 신체를 얻을 때』에 수록된 「실내극 이후」에서 유괴를 당한 경험이 있는 Y는 15년이라는 세월이 흐른 후 자신을 납치한 범인인 여성과 조우하며, 「옛날 옛적 미국에서」 속에서 제나는 세상을 떠들썩하게 만든 불법 국제 학교 감금 사건의 당사자가 된다. 이 두 작품 속 Y와 제나의 심리를 온전히 같은 맥락에서 다루는 것이 작품의 입체성을 훼손한다는 점을 감수하고 본다면, 두 인물에게 일어난 자발적/비자발적인 형태의 납치는 부모와의 일시적 분리인 동시에 부모와의 가시적/비가시적 갈등을 불러일으키는 계기가 된다. 그러나 그의 작품을 면밀히 살필 때, 스스로의 성장을 도모하기 위해 부모로부터 분리되는 인물들의 몇몇 서사가 일종의 변형된 납치 모티프로 보이기도 한다는 점은 더욱 흥미로운 점이다. 예컨대 첫 작품집의 「고해 마지막 의식」에서 미성년자 J와 부적절한 관계를 맺고 있는 것으로 의심받으며 마을로부터 달아난 신부 K와 아버지의 가출로 또한 마을을 떠나온 J의 기묘한 동거, 두 번째 작품집 『아내들의 학교』의 「천사는 마리아를 떠나갔다」에서 정치적 격변 속의 방관자로 살아온 화자의 딸 지은이 운동권인 윤 신부를 만나 집회의 현장 속으로 뛰어드는 것이 그러하다. 앞선 두 작품 속 인물들이 직접적으로 신체를 구속

하는 범죄 행위의 피해자라면, 후자의 인물들은 정신적 또는 사상적으로 상대에 사로잡힘으로써 그와 공모하는 것처럼 보인다. 바로 이러한 지점에서 박민정의 소설 속 납치의 모티프는 불만족스러운 기존 질서로부터의 분리이자 탈주로, 새로운 대상과의 결합 혹은 연대로서 성장을 촉발하는 계기로 전환된다. 그리고 이 작품들을 경유해 도달한 『미스 플라이트』의 납치 서사는 박민정이 지금껏 보여 주었던 납치 서사의 확장판처럼 보인다.

요컨대 『미스 플라이트』의 서사가 B항공사의 엑스맨 제도에 희생된 유나의 죽음에 의해 작동하고 있음에도 불구하고, 그와 무관한 유나의 과거를 다루는 데에 많은 분량을 할애하면서 한 인물의 성장소설로 읽히기도 한다는 점은 주목할 만하다. "내가 알고 있던 내가 아닌 다른 사람이 되어 보자"(116쪽)며 승무원이라는 직업에 도전해 보려는 유나의 결심은 갑작스럽지 않다. 방산 비리에 연루된 정근과의 갈등, "맑은물만들기사업" 현장에 훼방을 놓으러 떠난 도보순례, 광주에 대한 특별한 관심 등은 모두 유나의 성장과 변화를 예견하고 있으며, 이는 항공사에서 재회한 영훈과 연대하려는 의지로까지 연결된다. 그 최초의 자리에 "아저씨 집에 머무른 시간은 내가 선택한 것이었다는 걸 증명"(159쪽)하려 했던 유나가 있는 것이다.

그러나 이 시점에서 『미스 플라이트』가 유나의 죽음으로부터 시작된다는 사실을 다시금 상기할 필요가 있다. 이 소설은 유나의 성장과 그 과정에서의 내적 갈등을 유나의 기록을 통해 섬세하게 그려 내고 있지만, 결과적으로 서사가 진행되는 현재 시점에서 그의 성장은 중단되어 있다. 작품은 어째서 유나의 죽음을 둘러싼 진실을 파헤치는 것만큼이나 유나의 성장 과정을 상세히 다루어야만 했던 것일까.

과거 방산 비리를 폭로한 윤 대령의 자살에 비로소 유나의 죽음을 겹쳐 보며 "유나가 죽고 나니 모든 게 복잡해졌다." (189쪽)라는 정근의 진술은 이 질문에 대한 답변처럼 보인다. 유나의 자살이 직장에서 경험한 불의에 의한 좌절에서 비롯되었으리라는 것, 즉 유나의 죽음이 사회적 타살이라는 의혹은 진실을 파헤치고자 하는 정근을 추동하며 이 소설의 서사를 진전시킨다. 그러나 정근이 진실에 접근해 갈수록 그에게 육박해 오는 것은 그 자신의 과거이다. 애써 이룬 가정을 위해 "다시 그때로 돌아가도 그런 선택을 할 수밖에 없다"(83쪽)던 정근의 확고한 생각은 유나의 죽음에 접근해 갈수록 혼란스럽게 변해 간다. 그 과정에서 정근은 필연적으로 자신이 모르던 유나를 유나의 주변 인물들을 통해 대면한다. 결말에 이르러 "옛날의 자신으로 물러서지 않겠다"(227쪽)는 정근의 결심에는 유나의 삶-죽음으로 말미암아 그 자신의 과거를 재정

립해야만 하는 책무가 따른다. 유나는 이미 사라진 존재이지만, 유나가 겪은 삶은 현재적 사건으로서 정근의 삶에 침투하는 것이다. 이는 바꿔 말하면 일종의 오염이자 상처이기도 하다. 유나가 자신의 입장에서 쓴 삶의 기록도 그 연장선에서 해석될 수 있다. 유나의 죽음 뒤에 남겨진 인물들은 진실을 획득하고 앞으로 나아가기 위해 지금껏 믿어 왔던 삶의 선명한 진실들이 훼손되는 위험을 감수해야만 한다.

그런데 현재의 사건과 교차되는 유나의 기록은 서두에 등장하는 것을 제외하고는 끝내 정근을 비롯한 소설 속 인물들에게는 도달하지 않는다. 이러한 설정은 사건의 전말이 밝혀지는 결말에 이르는 순간 이 소설을 새로운 질문의 시작점에 위치시킨다. 박민정은 사건의 일부를 미궁 속에 감춰 두지 않는다. 다만 사건의 전모를 그려 낸 후에 독자로 하여금 그를 직조해 새로운 서사를 쓰도록 유도할 뿐이다. 이는 확정된 진실이 아닌 구성된 것으로서의 진실을 탐구하는 박민정 특유의 작가적 태도를 보여 준다. 유나의 죽음을 추적하는 인물들과 유나의 서사가 충돌할 때, 그것들은 어떻게 서로의 기억과 욕망을 오염시킬 것인가.

그러한 맥락에서라면 유나의 납치 사건이 어째서 이 소설을 출발시키는 가장 결정적 계기가 되었을지도 짐작해 볼 수 있을 듯하다. 박민정의 소설에서 납치는 기존의 세계로부터 분리되는 과정으로써 인물의 성장 혹은 변화에 관여하지만, 이때의 분리란 완전한 단절을 의미하지는 않는다. 오히려 그의 소설적 논리에 따른다면 변화는 언제나 오염을 전제한다. 낯선 세계에 공모하며 그를 향해 작용하는 힘은 불완전하거나 불만족스러운 이전 세계를 향해서는 반작용하는 동일한 힘이기 때문이다. 곧 유나의 납치 사건은 이 작품이 세계를 대면할 때의 관점을 함축하는 메시지이기도 한 것이다. 우리의 삶은 오염되며 나아간다. 아니, 애당초 삶이란 오염되어 있는 것이다.

이렇게 바꿔 쓸 수도 있을 것이다. 어떠한 삶도 순정할 수 없다. 실상 이러한 관점은 박민정이 지금껏 해 온 작업의 기저에 항시 동반해 온 것이기도 하다. 이미 그의 수많은 작품이 낯설거나 적대적인 것들 간의 침투와 오염을 통한 서사를 보여 주고 있지 않았던가. 박민정은 그간 여러 작품 속에서 복잡한 정체성을 지닌 인물과 언뜻 거리가 멀어 보이는 사건들을 중첩시키며 기묘한 소설적 순간들을 발견해 왔다. 중요한 것은 그때마다 그의 소설이 동시대의 사회적 문제들을 소환하면서도 선뜻 정치적 올바름을 설득하지 않았을 뿐 아니라, 오히려 독자를 윤리적이며 정치적인 난제 앞으로 데려다 놓았다는 점이다. 그것은 해답 찾기의 실패라기보다는 적극적인 거부에 가까워 보인다. 그는 소설 쓰기란 근본적으로 현실을 살해하는 행위라고 말한다. 그리고 그 소설 쓰기라는 잔혹한 행위를 가능한 최선을 다해 덜 무례하게 수행해야 한다는 다짐 속에서 쓴다. 그것을 작가적 윤리라고 부를 수 있다면, 또한 작품의 형식과 내용이 불가분의 것이라는 데에 동의한다면, 박민정이 만들어 내는 오염의 서사를 그의 작가적 윤리의 실천으로 확장해 볼 수도 있지 않을까. 세계가 요구하는 간결하거나 통쾌한 한 문장의 통찰을 제공하려 하지 않는 그의 서사는 끝내 작가의 시선에 의해 장악되지 않는 현실이 남아 있음을 암시한다. 더불어 모든 이야기가 끝난 뒤에 거듭 다시 쓰여야만 하는 진실은 우리의 삶이 결코 박제된 사물이 아니라는 사실을 환기한다. 그것을 위해 그는 현실을 거침없이 해부하면서도 자신이 그려 낸 현실이 끝없이 달아나도록 만들어야만 한다. 정중한 살해자로서.

『미스 플라이트』의 마지막 장면으로 돌아가자. 작품은 진실을 찾아내겠다는 정근의 다짐과 함께 끝을 맺지만, 거기엔 단정한 의미 대신에 혼란하고 가혹한 질문들이 남아 있다. 과연 정근은 유나의 기록을 찾을 수 있을까. 유나의 기록이 발견된다면 남겨진 자들은 무엇을 할 수 있을까. 그들은 그들이 모르던 진실이 주는 상처 앞에서도 여전히 연대할 수 있을까. 당연히 이 질문에 대한 답을 쓰는 것은 독자의 몫이다. 소설 속 인물에게 주어진 질문이 독자에게 전이될 때 독자는 정교

하게 구축된 소설적 현실에 연루된다. 그것은 또 한 번의 오염이다. 결국 한 편의 허구에 불과했던 『미스 플라이트』는 우리 모두가 이 세계에 공모하고 있다는 부정할 수 없는 감각을 불러일으키며 현실에 기입된다. 물론 우리는 책장을 덮고 그대로 뒤돌아나가기를 선택할 수도 있다. 그럼에도 그것은 여전히 돌이킬 수 없는 사건인 바, 질문이 존재한다면 그에 응답하지 않는 것 또한 하나의 대답일 수밖에 없기 때문이다.

이 소설을 읽는 동안에 나는 종종 자신의 한계를 극복하려 분투하는 유나의 얼굴에 민정의 얼굴을 겹쳐 보았다. 근래 들어 민정이 그간 엄두를 내지 못했던 몇 가지 일들을 해냈기 때문이다. 수영을 배우기 시작했고, 처음으로 홀로 해외여행을 했고, 운전면허를 취득했다. 한참 전부터 작가적 숙제처럼 여겨 온 첫 장편을 세상에 내놓는 일도 거기에 포함될 것이다. 오래 망설였거나 두려워했던 일들을 해내고 있는 지금, 어쩌면 민정은 그의 삶 속에서 가장 큰 도약의 순간을 지나고 있는지 모른다. 때때로 민정과 함께한 시간을 그가 그 시절에 쓴 한 편의 소설로 기억하는 나는 다시 한 번 이 소설이 우리의 한 시절로 기억될 것임을 예감한다. 그리고 시간이 흘러 언젠가 민정이 다시 낯선 두려움 앞에 섰을 때에 오늘을 떠올리게 될 것이다. 그때 민정에게 네가 중력을 거스르고 날 듯 모든 두려움을 떨치고 도약하던 순간을 기억하라고 이야기 할 수도 있으리라. 내게는 그것이 『미스 플라이트』를 만난 무엇보다 큰 기쁨이라는 사실을 굳이 감출 필요는 없을 것이다.

추천의 글

정용준(소설가)

한 여자가 스스로 죽었다. 단신에 실릴 정도의 그렇고 그런 사건. 그리고 추문. 작가는 여자의 이름이 '유나'라고 알려 준다. 그리고 사건과 루머의 벽을 뚫고 헤쳐 나가 유나의 이야기를 들려준다. 말하지 못했고 말할 수 없었던 비밀과 유나의 고백. 왜 '지금'과 '순간'은 그토록 오해되고 왜곡되는 걸까? 작가의 문장은 표면과 상투에 구멍을 뚫어 이야기에 심도를 만들어 냈다. 일반화와 요약으로는 결코 도달할 수 없는 진실이 이 소설 안에 있다.

내가 놀란 건 박민정의 시선이었다. 냉정하게 세계를 바라보던 엄정한 눈동자에 눈물이 차오르는 걸 느꼈기 때문이다. 감상도 감정도 아니다. 직시하고 오래 생각한 자의 깊은 이해심이 만들어 낸 진심의 언어다. 유나를 대신해 무겁게 입술을 떼는 박민정의 문장에서 그의 소설이 갖는 의미와 가치를 알수 있었다. 분노를 넘어 기어이 만나게 될 슬픔과 모종의 책임감은 이제 우리의 몫이다. 앞으로 생겨날 독후감들은 어쩌면 이 세계의 수많은 유나들에게 내미는 작은 손 같은 것일지도.

추천의 글

백지은(문학평론가)

글자 하나 읽지 않은 하루라 해도 오늘을 산다는 것은 바로-현재, 바로-이곳을 지나는 모든 순간을 읽은 것과 같다. 소설 한 권을 공들여 읽은 하루라면 여러 삶들이 얽힌 한 세상을 살아 낸 것과 다르지 않다. 오늘 이 책을 읽는 당신은, 죄 없는 한 죽음으로 응축된 죄 많은 삶들을 지나며, '한국적 (몰)상식'의 면면을 낱낱이 경험하고야 말 것이다. 개인의 기억이자 공동체의 사건들이 한 죽음의 진실로 모아질 때, 과거에서 이어 붙여진 오늘의 현실, 그 일관되게 터무니없어서 기막히게 개연적인 역사(성)의 얼굴을 본다.

박민정은 오늘의 한국 사회를 전면적으로 끌어다가 물리적인 현실로, 정치적인 콘텍스트로 들이미는 작업에 누구보다 밝고 강하다. 작가의 이 기민함과 수고로움이 과거의 단죄가 아니라 사죄를 향할 것이라는 사실만은 이 책의 독해에서 누락하지 말자. 과거를 갚아 나가듯, 미래로 물러서지 않으며, 현재를 마주할 때야 비로소 삶에, 역사에, 간신히 내비칠 구원 가능성을 보고 싶다면. 오늘 이 소설을 읽으며 머리와 가슴의 협화음이 울리는 박진감을 느낄 당신과, 어제의 삶을 바라보면서 내일의 세상을 두려워하지 않는 방법에 대해 함께 얘기하고 싶다.

오늘의
젊은 작가
20

미스 플라이트

박민정 장편소설

1판 1쇄 펴냄 2018년 7월 27일
1판 8쇄 펴냄 2023년 9월 8일

지은이   박민정
발행인   박근섭·박상준
펴낸곳   (주)민음사

출판등록   1966. 5. 19. 제16-490호
주소   서울시 강남구 도산대로1길 62(신사동)
          강남출판문화센터 5층(06027)
대표전화   02-515-2000 | 팩시밀리   02-515-2007
홈페이지   www.minumsa.com

ISBN   978-89-374-7320-3 (04810)
ISBN   978-89-374-7300-5 (세트)

* 잘못 만들어진 책은 구입처에서 교환해 드립니다.

당신이 소장해야 할 한국문학의 새로움, 오늘의 젊은 작가 시리즈